TEA
BOOKS

Za izdavača
Tea Jovanović
Nenad Mladenović

Glavni i odgovorni urednik
Tea Jovanović

Lektura
Agencija Tekstogradnja

Korektura
Agencija Artelittera

Prelom
Studio LAYOUT

Dizajn korica
Agencija PROCES DIZAJN

Izdavač
TEA BOOKS d.o.o.
Por. Spasića i Mašere 94
11134 Beograd
Tel. 069 4001965
info@teabooks.rs
www.teabooks.rs

ISBN 978-86-6142-002-3

Milica Jakovljević Mir-Jam

PRVI SNEG

Priče

Nezaposleni traži posao

Otkaz su mu dali za petnaest dana. S njegovom maturom i abiturijentskim kursom nije imao dovoljno kvalifikacija za to preduzeće jer su u predsoblju direktora čekali mladići i devojke s mnogo jačim diplomama.

Njemu je to saopšteno hladno i učtivo, čak mu je i dopušteno da tih petnaest dana bude tu kao na belom hlebu. U prvi mah je mirno primio. To je bilo kao udarac nožem – dok je mesto još vruće, ne oseća se bol. Tek sutradan, kad se osvestio, osetio je tu ranu. I od tog dana ona ga je stalno tištala i krvarila. Išao je kao u nekom polusnu. Radio je mehanički a sve oko njega mu je bilo tužno. Čuvao se da se ta njegova osećanja ne pokažu na licu. Ali nije mogao da sakrije sve to duševno stanje koje ga je mučilo pred neizvesnošću života. Neosetno, osmeh je iščezavao s njegovog lica i melanholija mu je zamračila pogled. I sa instinktom otpuštenog činovnika s tom brigom, nagađao je koga sve muči ista patnja. Viđao je često te melanholične mladiće, ubledele i oslabele, s nekim bolom u očima, brižne i zamišljene, i kad bi ih sreo u onaj sat kad je kancelarijsko vreme, znao je da su bez posla, uvek su išli rasejano, nemajući onaj mladički elan, da se okrenu za ženom, da joj dobacuju i potrče za njom. On je sad sâm sebi ličio na nekog preživelog gospodina koji gleda zamišljeno preda se, ravnodušan na sve. Takav nije mogao da ostane, morao je da misli kakav prvi korak da preduzme. A kako je strahovito težak taj prvi korak, kad je mladić otpušten i kad mase jurišaju na svako prazno mesto. Otpušten sa ovog činovničkog položaja, on je odmah mislio da takvo isto mesto treba i da traži. Posle kancelarije trčao je na sve strane. Krug svojih poznanika je iscrpeo. Tražio je veze i kod muškaraca i kod žena. Mislio je da žene imaju više mogućnosti da protežiraju, da su umešnije, da im se svuda pre otvaraju vrata nego njima ljudima.

Sve uzalud.

Petnaest dana prođe. Gazdarica još ništa ne zna. On je kod nje na kòstu i stanu. Platio je unapred. Ima pravo još petnaest dana da sedi. Dotle će naći.

Za činovničko mesto gubio je sve više nade. Dohvatio je novine i počeo da čita oglase.

U jednom je pisalo: *Tražim veštu daktilografkinju.*

A zašto ne bih bio daktilograf?, pomisli mladić. *Zar ja ne bih mogao posao da radim brže i pismenije?*

Otišao je na naznačenu adresu. Gospodin zrelijih godina ga je pitao suvo:

– Šta želite?

– Vi tražite daktilografa.

– Daktilografkinju, gospodine, ženu a ne muškarca.

– Ja mislim da to ne menja stvar, gospodine. Na mašini kuca i muškarac kao i žena. Ja radim vrlo brzo, brže od svake daktilografkinje, i mislim da biste bili vrlo zadovoljni.

– Ne sumnjam, gospodine, ali ja hoću daktilografkinju.

– Ali zašto, gospodine? – nastavio je uporno mladić. – Dajte da vam nešto iskucam, vi mi diktirajte. Uveren sam da ćete me odmah primiti. To je sasvim svejedno, daktilograf ili daktilografkinja.

Gospodin, obrijan pedantno, napuderisan i kose zamašćene briljantinom nasmeja se.

– Za vas je svejedno, ali za mene nije svejedno da li će to biti muškarac ili žena. Jeste li me sad razumeli?

Mladić uzdahnu, proćuta i prošaputa:

– Razumeo sam. I žalim što nisam žensko.

Izašao je oborene glave. U tom trenutku je osetio da je bolje biti žena nego muškarac. Svaka lepa žena pre će naći posla nego muškarac. Kratka suknjica, svilene čarape, dekolte, parfem. I dođe mu gadno na te žene koje svojim telom istiskuju muškarce.

Dve male Ciganče, čupave, masne, pojuriše za njim okruglih očica koje su preklinjale:

– Gospodine, daj dinar, leba daj nam da kupimo, leba.

On pomisli u sebi: *E, deco moja, ni ja nisam sit, doći će uskoro dan da i ja tako pružim ruku.* Okrete se i dobaci im:

– Nemam ništa sitno.

Cigančice navališe opet udarajući se u prsa.

– Lepi, gospodine, daj nam za lebac.

On gurnu ruku u džep, nađe dvadeset pet para i baci im. One poleteše, dočepa jedna i onda nasta svađa i čupanje.

Išao je zamišljen. Spazi jedan kiosk i opet kupi novine da pročita oglase. Pregledao je sve i ne nađe ništa drugo do ovo: *Potreban je jedan spreman bolničar za negu starijeg gospodina. Dobiće stan i hranu u kući.*

On je rasejano išao i mislio, da li bi se on mogao prihvatiti tog posla. To nije ništa teško, a osigurao bi sebi stan i hranu i za to vreme bi tražio službu.

Otišao je.

Jedna mršava seda gospođa mu otvori vrata.

– Vi ste tražili bolničara?

– Jeste. Izvolite unutra. Jeste li vi bolničar?

– Ja, gospođo... kako da kažem... nisam po profesiji bolničar... ali razumem se u svaku bolest.

– A ne može to, gospodine. Moj muž je prgav i džandrljiv, ima nekoliko bolesti, bolesni su mu i bubrezi i jetra, ima reumatizam i mora sve na dlaku da mu se ugađa.

– Ako je to potrebno, ja sam, hvala bogu, mlad, ugađao bih mu sve. Mogao bih i čitati, svirati malo na gitari.

– Ma kakva svirka! Ostavite. On ne trpi ni radio. A gde ste vi to učili da svirate? Da niste po kafanama svirali?

– Kao đak, gospođo.

– Đak? Pa jeste li svršili kakvu školu?

– Jesam, gospođo, bio sam činovnik, pa sam otpušten.

– Šta, bili ste činovnik, pa sad hoćete da budete bolničar? E, moj gospodine, vi ste suviše fini za taj posao. Pogledajte kako ste se nalickali. Ne bih nikad rekla da ste otpušteni. Tako se ne oblači onaj ko nema platu.

– Ali sâm sam, gospođo, kupio ovo odelo, dok sam bio u službi. To mi je jedino.

– Ne, ne, ima, gospodine, mnogo gore sirotinje. Niste vi tako bedni. Gle, pa ta maramica u džepu. Zakitili ste se kao cvetom. Omladina je danas besna.

Mladić uzdrhta na tu okorelu neosetljivost stare gospođe i uzdahnu:

– Da, gospođo, vrlo besna. Vidi se da ne poznajete život, ili nemate dece, da osetite, kako se i omladina danas muči.

– Julka – ču se jedan hrapav iznemogao glas iz sobe. – S kim to razgovaraš?

Stara gospođa uđe u sobu i ostavi otvorena vrata.

– Jedan mladić je došao. Nudi se za bolničara.
– A gde je taj mladić? Neka uđe.
Mladić uđe. Gospodin, bled kao vosak, pogleda ga. Žena doda:
– On nije bolničar. Nego otpušteni činovnik.
– A što su vas otpustili?
– Opšta redukcija.
Starac je govorio zlovoljno i iznemoglo.
– Opšta redukcija. Kad sam ja bio mlad, nije bilo redukcije, nego nećete da radite. Fudbal, ženske. Svi ste fićfirići. I vi ste kao fićfirić. Šta će vam tolika kosa na glavi. Koliko samo plaćate berberina za šišanje. Julka, oh, podigni me.
– Čekaj, čekaj, nemoj da vičeš. Težak si, ne mogu.
– Dajte meni, gospođo.
Mladić dohvati starca ispod mišice. Starac jauknu.
– Jaoj... nemoj tako! Odlazi, odlazi! Uh, sve me boli... Hoćeš da budeš bolničar! To treba čovek koji zna. Idi mi s očiju.
– Vi ste nervozni, gospodine, a ja bih umeo.
– Odlazi! Odlazi...
– Idite, gospodine, vidite da je nervozan.
Mladić izađe brzo iz sobe, misleći: *Grozan starac!*

U jednom izlogu on ugleda svoju siluetu.
– Fićfirić, zar ja, zaista, izgledam kao fićfirić. – Nesvesno zagladi rukom svoje grgurave bujne kose. – Zar sam kriv što imam ovakvu kosu. Siromah treba da bude jadan i bedan, obrijan sigurno do glave.
– Vlado! – ču jedan ženski glas.
– Ružice, ti! Kad si došla?
– Pre dva dana. Isprosila sam se pa sam došla da kupujem nameštaj.
To je bila njegova rođaka iz unutrašnjosti.
– Ali što ti fino izgledaš, Vlado. Kako si elegantan.
On se bolno osmehnu, ne govoreći ništa.
– Je li, boga ti, koji tramvaj da uhvatim?
– A kuda ćeš?
– Na Senjak.
– Onda dvanaesticu ili trojku.
– Jesi li slobodan?
– Jesam.
– Pa hoćeš li zajedno sa mnom tramvajem?

On se ustezao, bilo mu je neprijatno da kaže da nema ni za tramvaj.

Ona ga uhvati za ruku i povuče u tramvaj.

Kondukter priđe.

On poče da traži po džepovima. Ona vide da nema.

– Ostavi, ja ću da platim.

Njemu laknu i prošaputa:

– Znaš, Ružice, otpušten sam.

– Otpušten? Pa od čega onda živiš?

– Od... ni od čega... Od vazduha.

– Bože, Vlado... Pa to je strašno. Jesi li tražio službu?

– Po ceo dan tražim.

Ona je ćutala. Skidoše se.

– Vlado, jel' nećeš da se ljutiš? Hoćeš li da primiš od mene... pedeset dinara.

On pocrveni, zbuni se, pogleda je tužno.

– Kako si dobra.

– Ah, nije to ništa. Ne, evo ti sto dinara. Bože, što se ovde svet muči. Ja ne znam šta je to sirotinja. Kupujem stvari. Još neću sobu od pet hiljada, nego jednu od sedam i po.

Zamisli se, opet se priseti nešto, kao da se zastide sebe i pogleda u tašnu.

– Uzmi još sto dinara... neka ti se nađe. To će ti biti za nekoliko dana.

– Ah, još i više. Hvala ti, velika ti hvala. Želim ti da budeš srećna. Ti si uvek imala dobro srce.

Oprostiše se. On polete sav srećan sa stotinarkama u džepu. To je za njega bilo čitavo bogatstvo. Daće gazdarici sto pedeset, da je umiri a pedeset njemu. Samo za novine da pročita oglase.

Dani su prolazili, teški, strašni, dugi i prazni. Službu nikako da nađe. Preko prijatelja, preko oglasa, tražio je ali uzalud. Sad je sasvim digao ruke od činovničkog mesta. Samo da se uposli, ma šta da radi, samo da ima stan i hranu.

U jednom oglasu tražio se nastojnik kuće.

On je razmišljao, zašto da se ne primi toga. Ustaće rano, počistiće stepenice, otvoriti noću vrata. Imaće stan. Gazdarica mu je otkazala i već nedelju dana se potuca kod drugova, a nekad spava i po parkovima.

Gledao je brojeve kuća i nađe tu što traži nastojnika. Bio je obukao jedan stari kaput s pocepanim laktovima. Bojao se da i ta gospođa ne kaže: nalickao se.

Jedna otmenija dama se pojavi.

– Pročitao sam vaš oglas da tražite nastojnika kuće.

Gospođa ga odmeri od glave do pete.

– Vi ste mladi, ja tražim starijeg čoveka.

– Za taj posao, mislim baš da je potrebniji mlađi čovek.

Iza leđa gospođe, pojavi se mala Zuza, plavih očiju i rumenog lica, i vragolasto gledaše mladića. Gospođa se okrete, spazi Zuzin pogled i namršti se.

– A znate li bravarski posao?

– To nisam učio, ali mogao bih nešto da opravim.

– A možete li da budete električar? Meni je i to potrebno.

– Kad bih pokušao.

– Da pokušate, pa da zapalite kuću. Ja hoću za nastojnika majstora, da bude i električar i bravar.

– Sumnjam da možete naći i bravara i električara.

– Ah, sve može danas da se nađe, nemaju radnici posla, pa se svaki otima. A ja dajem lepu sobu, još i krevet i astal.

– Zašto onda ne biste mene uzeli, gospođo?

– Pravo da vam kažem, rizično je uzeti svakog u kuću. Vi nemate ni čestito odelo. Izvinite gde ću ja takvog dripca pocepanog da uzmem za nastojnika.

Mladić ućuta i malo se namrgodi.

Gospođa spazi njegov izraz lica:

– Nemojte da se ljutite. Ali nastojnik kuće treba pristojno da bude obučen.

– Pa ja, gospođo, mogu da se obučem. Imam i bolje odelo, ali ga čuvam. To mi je jedino, pa pošto sam bez zanimanja, moram to odelo da čuvam jer drugo ne mogu da kupim.

– Što se onda ne obučete? Nema smisla, ličite na skitnicu.

– Dobro gospođo, hoćete li da se obučem pa da dođem, da me vidite u novom odelu?

– Ne, neću, gospodine. Meni treba bravar i električar. Izvinite, nemam više vremena za razgovor.

Uđe u sobu, mladić ostade nekoliko trenutaka, zamišljen, mala Zuza ga je bolećivo gledala.

– Nemate posla, gospodine?

Mladić se trže.

– Nemam.

– To je teško. A moja gospođa se ljuti. Samo grdi nastojnika.

Mladić se nasmeši na devojčicu.

– Zbogom.

Pođe. Mala Zuza pođe za njim.

– A imate li gde da spavate?

– Nekad imam, nekad nemam.

Pođe niza stepenice. Zuza potrča za njim.

– Hoćete da se vidimo na Kalemegdanu? Meni mnogo žao što vas nisu gospođa uzeli. Hoćete da dođete u nedelju na Kalemegdan?

Mladić se nasmeja.

– Ako budem u Beogradu, doći ću. – I izađe iz kuće nasmejan zbog te ponude male služavke.

Gospođa ljutito viknu na malu služavku:

– Šta ste s njim pričali? Zar ne vidite da je to neki kockar? Kao bajagi traži za nastojnika. Traži on nešto da ukrade. Tih što nemaju posla treba se dobro čuvati i zatvarati kuće. Oni samo gledaju kako će nešto da smaknu.

Mladić je lutao ulicama bez hleba i para. Nije više imao ni stana. Prolazio je pokraj skele jedne višespratne građevine. Zastao je i gledao radnike. Na skelama je stajao gospodin. On ga viknu:

– Vlado, jesi li ti?

– Gle, Pero, a šta ćeš tu?

– Ja sam ovde arhitekta.

– Mogu li gore, do tebe?

– Eto, popni se.

On se pope.

– Ala će ovo biti lepa zgrada. I sigurno ćeš lepe pare da zaradiš.

– To ću da vidim. A šta ti radiš?

– Ništa.

– Kako ništa?

– Tako. Otpušten sam.

– Pa zar nigde nisi mogao da nađeš službu?

– Nigde.

– Jest. Teško je danas. A šta si pokušao da radiš?

– Svašta. Sad mi ništa drugo nije ostalo nego da budem radnik. Eto, ovi zidari bolje žive od mene. Slušaj, nešto mi pade na pamet. Bi li ti mene mogao da uposliš na ovim skelama?

– Kako tebe da uposlim? Ovo su sve radnici, a ti si gospodin.

– Jaoj, batali moje gospodstvo. Kakav gospodin, kad nemam ni da jedem ni gde da spavam.

– Zar si dotle doterao?

Mladić ne odgovori ništa, okrete glavu a oči mu se zamutiše suzama.

Arhitektu potresoše njegove suze. Pljesnu ga po ramenu.

– Nemoj da se rastužiš. Hajde, ja ću da te uposlim. Ali šta ti da radiš? Zar ti da vučeš cigle?

– Jeste, cigle i malter ću da vučem. Ništa mi neće biti teško. Teško je kad nemaš šta da jedeš, teško je kad ideš, moliš, preklinješ i svi te odbijaju, svi misle da si besan, sit, da si dripac. Mogu li da odmah započnem s poslom?

– Možeš. Ja ću ti računati celu nadnicu. Kazaću da ti malo nadziravaš, ne moraš ceo dan da vučeš.

– Ništa ti ne brini. Mene je ova besposlica toliko izmučila, da će mi biti slađi i najteži posao. Oh, kako je strašno biti bez posla. To samo zna onaj koji doživi takve dane. Hvala ti, nikad ti ovo neću zaboraviti.

– Ostavi, molim te. Meni je to žao.

– Nemoj da me žališ. Sad ću da zbacim kaput pa na posao.

I penjući se i spuštajući niza skele, radio je ceo dan, uveče je bio sav izlomljen, ali bar nije brinuo da li će imati hleba i prenoćišta.

Bila je nedelja. On je izašao u šetnju. Obukao je svoje novo odelo, doterao se, okupao, da spere sa sebe prašinu i radnički znoj. Još je radio na skeli. Bio je sav izlomljen. Njegova mladićka energija ipak nije bila u stanju da se odupre umoru radničkog života, za koji on nije znao u toku dvanaest godina provedenih u skamiji i posle za kancelarijskim stolom. Bio je tužan. Nije mogao ništa ružičasto da sagleda u budućnosti. Posao je neprekidno tražio. Ah, samo da sedne za svoj kancelarijski sto.

Išao je tako udubljen u misli.

Pokraj njega prođe jedna dama. Jedno dete potrča, nalete na gospođu, ona se čisto povede, okrete se i spazi mladića. Spazi ga, raširi oči i osta nekoliko trenutaka nepomična. Zastade i mladić, i pogleda gospođu. Bila je to žena četrdesetih godina. Možda je imala i više, ali on joj ne bi dao više. Imala je nežan bledunjav ten, crne oči i fini oval lica. Oči su joj bile tužne i celo njeno lice imalo je izraz tuge.

Gospođa se pribra i pođe dalje. Na ćošku zastade i pogleda mladića. Oči joj se još više rastužiše i pođe lagano napred. Mladića zainteresova ta dama. Otkada on nije trčao za ženama. Zašto ne bi danas napravio neku avanturu. Sredovečna žena, pa te tek vrede. Iskusne, zavodnice. A ova ga je tako iznenađeno pogledala, mora da joj se dopao. Pođe za njom. Gospođa se opet okrete. Posle ubrza, ali ubrza i mladić. Mislio je da li da joj priđe. Dok je on razmišljao, dama najednom zastade. Okrete se i zovnu ga.

– Gospodine.

On pritrča.

– Izvinite, izgledala sam vam čudna, ali me tako jedna sličnost iznenadila.

Mladić se u sebi nasmešio. Znao je da se tako i muškarci pravdaju kad hoće da naprave poznanstvo.

Gospođa je izgledala vrlo uzbuđena i neprestano ga je gledala.

Mladić je opet mislio: *Ala je ova neka upadljiva žena.*

– Jeste li vi Beograđanin?

– Nisam. Upravo, sad sam Beograđanin jer sam dugo ovde. Inače sam iz unutrašnjosti.

– Student?

– Ne, činovnik.

– A gde radite?

– Sad gotovo nigde, otpušten sam.

– Otpušteni? – uzdahnu gospođa. – Pa od čega živite?

– Pa... tako. Dajem kondicije.

– To je teško. Nemate porodicu?

– Nemam. Sâm se izdržavam.

Gospođa je išla pokraj njega i neka tuga je bila na njenom licu.

– Mučite se, sigurno?

– Nije lak život, gospođo.

– Službu niste mogli da nađete?

– Još nisam.

Dođoše do jedne lepe kuće. Gospođa zastade.

– Ja ovde stanujem.

– Pođite malo.

– Hoćete da uđete sa mnom u kuću?

Kako ovo brzo ide, mislio je mladić.

– Hvala, gospođo.

On pođe za njom.

Služavka istrča da otvori vrata.

Gospođa uđe s mladićem. Uvede ga u sobu.

– Sedite, gospodine. – Stala je i gledala ga je. Oči joj se napuniše suzama. Uđe u drugu sobu, sede na divan i zajeca.

– Zašto plačete, gospođo?

Ona je i dalje jecala, diže glavu, i pokaza mu na zidu jednu veliku sliku.

– Pogledajte onaj portret.

Mladić zastade iznenađen.

– Bože, ovo kao da je moja slika.

– Da, zato sam vas onako iznenađeno gledala.

– A ko je ovo?

– Moj sin.

Ona opet zajeca.

– A šta je bilo s njim?

– Ubio se.

– Ubio, zašto?

– Zbog ljubavi.

Opet je jecala. Pogleda mladića. Mladić se zbuni i zastide onih svojih misli. Priđe gospođi.

– Nemojte da plačete. Niste vi jedini.

– Nisam, znam, ali kako su strašno sebična deca. Zašto da se ubije? Zašto? Bolje da je mene ubio. Kako sam ga volela, kako sam mu činila. Bože, zašto sam ovo dočekala? Sve je imao, sve sam mu ugađala... a vi, vidite, mučite se sami, sigurno i gladujete, pa ipak živite.

– Zato se i ubio, što nije znao za borbu života i bio je malodušan.

– To je, gospodine. U bogatstvu i deca su sebična. A kako vi živite, gospodine? Mučite se.

– Mučim se, gospođo. Maločas sam kazao, dajem kondicije, ne, nego radim na skelama kao običan radnik. Vidite kako su mi ruke ogrubele.

– Jadno dete. Pa zar nikakve protekcije nemate?

– Nemam.

– Čekajte, možda bih ja mogla nešto za vas da učinim. Moja porodica je dosta velika.

– Ah, kako bih vam bio zahvalan, gospođo!

– Mislim da ću moći. Kako se zovete?

– Vladimir Jovanović.

– Dobro, to ću ja da zabeležim. A šta ste svršili?

– Maturu i abiturijentski kurs.

– To je dobro, gledaću na svaki način. Ali ja vas ničim ne nudim. Kati, donesi slatko i kafu. Ne, bolje je da jedete nešto. Hajde da večerate. Za sećanje na mog sina. Isti kao vi. Neverovatna sličnost. – Oči joj se opet zamutiše. – Hajde jedite, gospodine. Znam da nemate uvek dobru večeru. Tako, a sutra ću odmah da razgovaram sa svojim bratom. Kazaću kako ličite na mog jadnog Sašu. Nemojte da mi zahvaljujete. Dođite uvek, meni će biti milo da vas vidim, kao moje dete. I živite, nemojte nikad da mislite na samoubistvo. Mladi ste, sve se preživi i preboli, ali samo ovakav bol nikad ne može da se preboli. Za mene je sve iščezlo u životu, ja sam sada samo senka, idem po groblju, plačem, kukam. Teško svakoj majci koja ovo preživi.

Mladić ustade, zahvali se unapred gospođi za njeno zauzimanje.

– Dođite vi u četvrtak. Dotle ću ja da vidim šta mogu da uradim za vas.

Posle mesec dana, mladić je sedeo za kancelarijskim stolom i opet je nastao njegov svakidašnji činovnički život. Svršeno je bilo s traženjem posla i zahvaljujući tom slučaju što je ličio na jednog samoubicu, on je dobio službu.

Izlazeći iz kancelarije jednog proletnjeg dana, on se srete na ulici s jednim drugom. Odmah poznade onaj melanholični izgled zabrinutosti i neku tugu.

– Reduciran sam pa tražim posao. Znaš li, boga ti, neko mesto?

– Eh, to je teško. Četiri meseca sam tražio ovo mesto.

Seti se svojih patnji, gladovanja i upita ga.

– A kako si s novcem? Imaš li štogod?

Mladić prevrte džep.

– Evo ti dvadeset dinara. Nemam više, a dao bih ti još.

– To ti je veliki sevap. Znaš da nigde ne mogu ni da pozajmim.

– Meni to ne pričaj. Kad god imam, daću ti.

Rastadoše se i mladi činovnik ode raspoložen i srećan, što je mogao da pomogne nekom ko je bez posla.

Kozerija s čitaocima na mome žuru I

LICA:
Abiturijentkinja
Gimnazistkinja
Učitelj
Nastavnica
Zubni lekar
Mondenka
Mister Lu
Jedan dasa s korzoa

Dve lepe Ruskinjice, abiturijentkinja i gimnazistkinja, dražesne i vesele, raspričale su se i pune su oduševljenja i hvale za srpske mladiće.

– Ah, Srbi su divni, pravi muškarci, jesu žustri, ljubomorni, ali mi ih Ruskinje baš volimo što su takvi, to nas oduševljava, čak i kad izbiju ženu. Jest izbije, neka je izbije, to je lepše od jednog muškarca, nego da ženi pere sudove i rublje, kao što rade naši Rusi, a žena leži u krevetu dok on radi po kući.

– Siroti Rusi, kako ste vi Ruskinje nepravedne prema njima. Pa oni to treba da uvide pa da okrenu drugi list prema ženama.

– Ne ume to Rus – uzviknu abiturijentkinja. – Naučio je on da mu žena komanduje. I zato mi nećemo za njih ni da se udajemo. Samo za Srbina.

– Pa makar i da vas izbije!

– Ah, to je divno! Izbije, ali sve prinese u kući i ume da voli.

– Dobro, dobro, prijaviću ja to sve Rusima, pa ćete videti kako i oni umeju da izbiju ženu.

Ruskinjice se slatko nasmejaše i obasuše opet hvalom Srbe.

– Ali Srbima morate ugađati.

– Sve ćemo da im ugađamo... – uzviknuše obe. – Mi volimo red i čistoću u kući, sve radimo u savezu s našom majkom i kod nas je tako lepo kao u nekoj srpskoj kući, sve na svom mestu.

Ljupka gimnazistkinja, zanosnih plavih očiju, poverila je svoju malu tajnu: voli akademca. On je tako fin, inteligentan.

– Da slučajno on vama ne piše?

– To mi nije poznato.

– Ali, kad tako volite, kako učite?

– Ja sam s vrlo dobrim svršila maturu.

– I meni isto tako dobro ide škola.

– U ruskoj gimnaziji je strogo?

– Još kakva strogost! Moramo mnogo da učimo.

– A posle učenja?

– Matine, žur...

– Imate prijateljica?

– Imamo. Ali mama je naša najbolja prijateljica. Sve mi njoj pričamo i mi za našu mamu nemamo nikakvih tajni. Čim se vratimo kući, sednemo kraj maminog kreveta i pričamo joj. A ona nikad da vikne: „To nije lepo što ste se tako ponašale", već sasvim blago, „vidiš, drugi put kad ti on to kaže, a ti ćeš ovako da odgovoriš." I tako nam mama daje lepe savete.

Ustadoše, hoće da idu na pedikir.

– Znate, približava se sezona plaže, pa treba da imamo lepe noge.

S njima iz sobe iščezoše mladalački osmeh i dva para božanstveno lepih plavih očiju, kakve ima samo ruska devojka.

Zatim nastade ozbiljna konverzacija... prosveta.

– Čude me današnja deca – poče nastavnica. – Ja imam prvi razred gimnazije, pa jednog dana nauče lekciju i odgovaraju za pet. Posle dva-tri časa, da ih pitam tu istu lekciju, ne bi ništa znali.

– Tako sam i ja radio u gimnaziji.

– A kad ste vi kao učitelj radili u gimnaziji?

– To je bilo davno pre rata u južnoj Srbiji, još devedesete godine.

– To ste vi kao omladinac išli?

– Da, onda je omladini bio ideal južna Srbija i Bosna. Radili smo u najtežim prilikama, osobito je za učitelje bilo teško. Koliko njih nije osvanulo. Ali to su mi ipak najlepše uspomene iz moga učiteljevanja. Danas gimnazisti samo misle na bioskop, dansing, a mi, u ono doba, nadahnuti patriotskim govorima Stojana Novakovića i Aćima Čumića, snevali smo o oslobođenju južne Srbije i Bosne i nismo žalili ni svoje živote. Teške su bile političke prilike, ali naš kolegijalni život ne bi se mogao zamisliti lepšim. I deca su bila bistra, naročito u Novopazarskom sandžaku, da je milina bilo raditi s njima. Danju radimo, a predveče se skupimo u kafani. Ništa nas nije bilo strah što smo pevali patriotske pesme. Koliko puta se pokrvimo s Turcima. A čim se smrkne, svi se zatvore po kućama. Učiteljice nisu smele šešir na glavi da nose, već zabrađene. Jednom je moja žena izašla sa šeširom, i Turci su je odmah pojurili, jedva se spasla i sakrila u jednu tursku kuću. U Prizrenu je bilo slobodnije. Ja sam bio upravitelj i jedini muškarac, a ostalo osam nastavnica. Nije se znalo koja je od koje lepša da su im se svi Turci divili, i uvek pitali: „Jesu li sve Srpkinje u Srbiji tako lepe?"

– Koliko ste godina ostali u južnoj Srbiji?

– Deset.

– Mora da vam se svaki divi. Vi ste zaista sjajno izvršili svoju kulturnu misiju u južnoj Srbiji pre rata.

Pojavi se zubni lekar.

Simpatičan plavi mladić, duhovit i pomalo psiholog. Opravljajući ženama zube, on proučava i njihovu psihu.

– Slušajte, dragi doktore, mlade devojke strepe da li će zubni lekari biti srećni u braku. Recite mi kako se vi osećate kad imate jedno lepo žensko lice pred sobom?

– Kako se osećam? Pa najbolji je odgovor što ja mladu devojku, kad mi drugi put dođe kao pacijentkinja, ne poznam po licu, već po zubima koje sam joj opravljao.

– Znam da više pažnje obraćate zubima nego licu.

– Jedan savestan lekar tako mora da radi.

– Svi nisu ipak savesni. Pacijenti se žale da ima lekara koji vade zdrave zube, da bi stavljali mostove jer se to bolje isplati.

– To ne znam.

– Razumem. Kolegijalnost vam ne dozvoljava da prekorite ma koga. Ali vi ste pomalo i monden. Svoj auto! Pa to je jedan sjajan mamac za mlade devojke. Ja mislim da bi one dolazile kod vas da leče i zdrave zube.

Doktor se smeje.

– Da li ste još posetilac auto-kluba?

– Da vidite, neki zastoj je bio ove godine u provodu. Nije bilo tako živo u auto-klubu kao ranijih godina. Svaki je našao svoje intimno društvo i povukao se u kuću.

– Možda je radio kriv.

– To je tačno. Radio ima tu zaslugu što je uneo živost u porodično društvo.

– I jednu vaspitnu ulogu.

Pojaviše se zajedno gospodin iz Londona i mondenka.

Tema se nastavlja o lekarima i medicini. Gospodin iz Londona sa svojom rečitošću pravi poređenja između engleskih i naših lekara... i odaje svoje priznanje našim lekarima.

– U Engleskoj je hirurgija usavršena, ali sama lekarska profesija izgubila je od svoje tradicionalne reputacije. Jer u Engleskoj se profesije predaju s kolena na koleno i tako ima porodica koje su kroz nekoliko generacija samo sudije, ili advokati, lekari, koji su imali sjajni renome u prošlosti, ali s pokolenja na pokolenje nije se predavala ista reputacija i često puta ona je dolazila do šarlatanstva. Jedino je interesantno u Engleskoj: odnos između lekara i pacijenta. Ovde kad dođe pacijent lekaru, odmah posle pregleda plaća vizitu. U Engleskoj mu lekar šalje račun kući.

– To znači da su engleski pacijenti pošteniji od naših. Događa li se, doktore, da su vama male plate?

– Ne mogu da se potužim.

– Ali vi radite sa solidnim cenama i tako lepo da bi bilo nepošteno platiti vam. I zahvaljujući takvim cenama danas i siromašni svet ima zdrave zube.

Nastavnica se zainteresovala za prosvetne prilike u Engleskoj i o tome je pitala gospodina iz Londona.

– Gimnazija svaka je internat, mada ima đaka koji su eksterni. Ali program je mnogo manji. U našim školama je pretrpanost u nastavi. Uče se mnoge stvari, koje docnije u životu nikad nisu potrebne. Zato đak brzo sve zaboravi, što nauči u gimnaziji. U Engleskoj je manji program nastave, ali ispiti su stroži pred ispitnom komisijom u gradovima gde je univerzitet. Ali kad đak izađe na maturu, potpuno je spreman jer je manje imao da uči.

Mondenka puši i koketno pušta dim. Da vam je opišem.

Kosa sva rasplamtela u sjaju bakarne boje. Somotske oči s jednim kosim istočnjačkim potezom obrva, pikantna usta, koja tako ljupko kotrljaju ono „r" nasleđeno iz francuske dikcije, crna toaleta, uz jedan vitki stas, koji je čak poslužio kao model jednom pariskom skulptoru i doneo mu slavu na jednoj izložbi u salonu. Grao šeširić s ljubičicama.

Tako je volim jer je bliska rođaka Voje Džordža, mog najboljeg druga i najduhovitija i najnačitanija žena u Beogradu. Mondenka, inače boem, čak pomalo i mangup, da bi se svi umetnici oduševljavali njome. Žena svoje vrste, kako se retko nalazi. Jahačica, plivačica, šofer, pijanistkinja, igračica, manekenka, korepetitor u pozorištu, pa čak i hirurg. Uz to majka, koja voli svoja dva deteta, svako jutro im drži časove, ali iako je majka, ona deluje mlado kao neka devojka, koja voli da poseti *Gusarski brod* i druge boemske lokale, a u isto vreme i otmena dama, prirodna, bez one mondenske uobraženosti. A plus svega: udovica i dobro situirana. Ali, evo nju da čujete. Kako ona zanimljivo priča. Na primer, njen život u izgnanstvu za vreme svetskog rata. Čitav roman.

– Kad smo stigli u Rim, ja sam imala samo jednu haljinu, jednu košulju, jedne cipele, jedne čarape. Ništa više. I odmah odjurim u jedan krojački salon da radim kao krojačica mesec dana, ali da mi zato daju jednu haljinu. To je bio krojač kraljice Margarete i šio je sve neke starinske haljine. Tako sam dobila violet haljinu. Ta mi je haljina bila i za pre podne i za posle podne i za uveče. Tako, u toj haljini, imala sam sreću da se upoznam s kompozitorom Paolom Tostijem. On me je uveo u pozorište gde sam dobila mesto korepetitora. Uvek žalim sirotog Ruča u našem Narodnom pozorištu. To je prava gnjavaža svirati ceo dan solistima i pevačima. U Rimu počnem da školujem glas, i zamislite jednoga dana sam pevala solo na jednom koncertu. U isto vreme radim i u hirurškom odeljenju jedne bolnice i prevodim na engleski za jednog Engleza, život papa. Tu se u biblioteci upoznam s jednim lepim kardinalom i on se zaljubi u mene.

– Nije ni čudo, vi ste tako zavodljivi.

– Mislio je pošto govorim tako dobro engleski da sam Engleskinja, i hteo je da me prebaci u katoličku veru. Jednoga dana je poslao prelata da me obučava u katoličkoj veri.

– Tako sam se lepo provela u Rimu, čak sam bila jednog dana s jednom Crnogorkom u audijenciju kod kraljice Jelene. Primila nas je ljubazno, ta Crnogorka je bila neka njena rođaka.

– Jeste li sve vreme rata bili u Rimu?

– Ne, posle sam otišla u Pariz. Tamo sam bila manekenka u jednom velikom salonu.

– Je li interesantan život pariske manekenke?

– Interesantan je zato što se tako dobro zarađuje. Imala sam lepu platu i priliku da proučavam pariske žene u modnim salonima. Jedna Parižanka nikad ne dolazi sama da kupuje toaletu. Uvek je prati muškarac. Ako je starija dama a s njom je mladić, i ona mu govori „ti“, to je onda žigolo. Jer Parižanka će i svom sinu, u društvu, uvek reći „vi“. Pred otmenim damama uvek smo morale imati, mi manekenke, dostojanstveno i otmeno kretanje. Čim nam direktorka došapne

„kokota“, mi se onda uvijamo i afektiramo. Tu sam naučila da pravim podveze, tašne, i to smo prodavali gospođama.

– Jeste li imali još neku profesiju?

– Igrala sam i u mjuzik-holu.

– To ste vi umeli da se snađete za vreme rata.

– Umela sam: ali to nije bilo lako u početku. Zato osuđujem otmeni beogradski svet, koji vaspitava svoje kćeri tako da su nesposobne da se same snađu u životu.

– Ali vi ste inteligentni, dovitljivi, znate četiri jezika, pevate.

– To mi je pomoglo. Zato ne dam da moju decu vaspitavaju kao što su mene moji roditelji vaspitavali. Auto, guvernanta, luksuz. I posle takvog života dolazimo u Rim bez para i s jednom košuljom i haljinom.

– Ratne generacije su stekle iskustvo koje će im poslužiti u vaspitavanju njihove dece. Ali vi ste i hirurgiju studirali?

– Da, hirurgiju obožavam.

– Možete li da sečete?

– Smatram da je humano pomagati i otklanjati bolove čovečanstva. Mister Lu, hoćete li ići?

– Koga zovete mister Lu?

– Gospodina iz Londona.

– A kuda idete?

– Na večeru u *Gusarski brod.* To mi je sada najsimpatičniji lokal, a može dobro da se večera.

I mala pikantna, vitka mondenka, koja je umela da nađe kompromis između vitkosti i dobre večere, oprosti se sa mnom.

Svi su otišli. Samo je ostao dasa s korzoa.

– Molim vas, niste se predstavili: jeste li na korzou na poziciji rusko-carskoj ili albanskoj?

– A zašto pitate?

– Jer ja delim korzo na ozbiljnu i neozbiljnu stranu. Svi ozbiljni mladići šetaju pored *Ruskog cara*, svi neozbiljni pored *Albanije.*

– Onda je bolje da pređete na moju poziciju.

I dasa poče da priča o korzou, o mladićima, i otkri jednu svoju tajnu.

– Polovina muškog korzoa ima električnu ondulaciju.

– Nije mogućno, ja sam baš mislila da su te grgurave kose prirodne.

– Varate se, sve je to električna ili vodena ondulacija.

U razgovoru s dasom ja se iznenadih kako se mišljenje žena o jednom muškarcu i mišljenje muškarca ne poklapa. Muškarci jedan drugog mnogo više kritikuju i ismejavaju nego žene. I dok muškarac nema oko da zapazi sve detalje ženske toalete, mušku toaletu kritikuju i zbog najmanje sitnice.

Pitam ja tako dasu: – Na korzou viđam često jednog vrlo zanimljivog mladića. Po mom mišljenju, to je najinteresantniji mladić na korzou i vrlo ozbiljan.

– A kako izgleda?

Rekoh ja dva-tri detalja, a dasa ustade.

– Jelte, ima ovakav kaput, nosi pantalone ovako, šešir na ovu stranu, ovako gleda, ovako ide itd. – Nabroji još mnogo nekih karakterističnih crta, i na kraju reče ime, prezime, profesiju i završi:

– Uobražen i blaziran!

– Gle! – iznenadih se ja. Uobražen i blaziran. Bože sačuvaj. Moj zaključak: interesantan i ozbiljan i najlepši mladić na korzou.

– Znači kao što ima suparništva međ ženama, ima i međ muškarcima. I kad muškarac želi da dozna nešto o nekoj ženi, treba da pita muškarca a ne ženu.

Kozerija s čitaocima na mome žuru II

LICA:
Učiteljica
Gospođa iz Sarajeva
Mala iz Bitoljske ulice
Činovnica Ministarstva Unutrašnjih dela
Činovnica Narodne banke
Slikarka
Gospodin iz Londona

Učiteljica priča tihim, setnim glasom i melanholija je u njenim očima boje planinskog spomenika, priča o braći, petorici, izginuloj u ratu. Taj kult uspomena uvek je u njoj, i ona kao da su tu, sve na njih podseća, povetarac, miris cveća, letnji suton, praznici, zimsko veče.

Ali sad je priča tužna i tuga ispunjava sobu, gde smo nas dve same.

– Pošle smo ja i sestra da ga prenesemo mrtvog iz jednog sela. Bio je sahranjen u raci zajedno s jednim drugom. Putujemo poštanskim vozom, nosimo metalni sanduk, nas dve devojčice, gotovo deca. Strašno je to. Ne znamo ni da li ćemo ga poznati. Naslonjene jedna na drugu, utonule u očaj, ćutimo. Sestru uhvati san i najedared se trže. „Sanjala sam brata. Kao stao preda me, pomilovao me po obrazu, pa kaže: 'Ti si pošla mene da tražiš, pa se bojiš da li ćeš me poznati. Evo pogledaj me, ovakav sam. Džepovi su mi na mundiru izvrnuti, krvav šinjel ispod glave i nema hrskavice na nosu.'"

– Čudno je to možda, verovati u snove, ali zaista, takvog smo ga našle i poznale. Izvadile smo ga iz rake i tu noć provele smo, same nas dve, pokraj sanduka u jednoj seoskoj kući. Nikad tu noć neću zaboraviti. Kreštale su dve tice tako tužno, a noć je bila tako strašna i mračna.

Uzdahnu duboko i zaćuta. Ćutimo obe i bolna tišina ispuni sobu.

Najedared, pred vratima, neki veseli kikot. Trže nas iz tužne sanjarije. Kao dva proletnja vihora da uleteše u kuću, crnomanjasti i plavi, nestašni i nasmejani, kao da su smeh doneli sa ulice, s korzoa, i sve je na njima u pokretu, oči, usne, nožice, nestašno i cvrkut njihova govora ispuni sobu.

Da vam ih predstavim: gospođica iz Sarajeva i mala iz Bitoljske ulice.

I otpoče priča o Sarajevu, o gospođicama, verenicama.

– O, kako se u Sarajevu sjajno udaju devojke: inženjeri, apotekari, lekari. Sarajlije se nauživaju, naprovode i izljube u Beogradu, a srce i ime donesu svojim Sarajkama.

Crnomanjasti vihor, kombinacija ljupkosti Lil Damite i šarmantnog nestašluka Lilijan Harvi oduševljava se i kudi beogradske mladiće.

– Lepi su, ali lažu, strašno lažu mladići u Beogradu. Takvi već nisu u Sarajevu.

– A vaš Nil Aster iz Baščaršije?

– Taj je uobražen mnogo. Da znate samo koliko on dobija pisama, kao da je neki filmski star.

– Šta ćete, slatko govori i toplo gleda. Pa u magazi njegovoj meko šiljte, fildžani i crna kafa. A u Sarajevu volite da sažižite očima, ali i da drugi vas sagorevaju. Provod je tamo i danju i noću, i zimi i leti.

– Ah, zimi Pale! Da znate kako je divno Pale? Skijamo se kroz šumu, sankamo, ceo dan tamo provodimo.

– To je sarajevski Sankt Moric. A tata vas uvek pušta? Znam da je strog.

– Ah, jeste, još kako.

– A vi ga se bojite?

– Bojimo, dabogme.

– Pa to je divno čuti da se danas mlada devojka boji roditelja. Jedna vrsta reklame za vas. Svaki mladić će reći: kad je nju disciplinovao tata, disciplinovaće je i muž.

– Roditelji su nekad suviše strogi – jadikuje mala iz Bitoljske ulice.

– Šta, i vi ste pod strogim tutorstvom?

– Uvek moram da sam u osam kod kuće.

– To je lepo.

– Nije baš uvek. Nekad je tako prijatno šetati i posle osam. Ali, istina, muškarci su drski. Znate, ja bih želela da imam onu slobodu, da mogu sama da idem noću u deset, jedanaest i da mi nijedan muškarac ništa ne dobaci. Tako jedna gospođa kaže kako joj uvek muškarci pokvare utisak filma. Izađe ona iz bioskopa, sva zanesena, pa bi htela pešice da ide kući, da bi razmišljala o filmu, glumcima, ali kako da ide pešice, odmah bi neki pojurio za njom i ona bi morala da hvata autobus ili tramvaj.

A mala iz Bitoljske ulice, sa zelenkastim očima i crnim trepavicama, žustro napada muškarce što zbog njih kući mora da se vraća u osam.

– Vaše su očice zelenkaste i vragolaste, ne bih vas smeo pustiti samu.

Vihori se podgurkuju.

– Imamo po jednu tajnu da vam kažemo i da nas naučite. Posle kad pođemo kući.

Dolaze dve činovnice.

Jedna visoka lepo razvijena, rasna lepota, kao odaliska, crnih obrva, snenih očiju, koje opijaju i zanose. Niko ne bi rekao da ta svežina sedi po ceo dan u kancelarijskoj atmosferi.

A ona hvali svoje Ministarstvo unutrašnjih dela.

– To je, u pravom smislu, gospodsko ministarstvo. Sve obrazovani činovnici, fini ljudi, korektni. Jedna koja je vredna može samo da se pohvali svojim pretpostavljenima.

– A vi ste opasno lepi za takvo ministarstvo.

– Ah, nema opasnosti. Ja radim u kancelariji gde su sve žene.

– O, pa to mora da je strašno monotono.

– Ni najmanje. Tako se lepo slažemo, kao da smo sve drugarice. Nema tu ni flerta ni zabave, već rad i kolegijalnost.

– Ne možeš ti reći da je tvoje ministarstvo finije od moje Narodne banke.

– Ali to je ogroman posao.

– Jeste, ali samo do pola tri sata. Pa tu je udešen i jedan mali bife, gde svraćamo na odmor.

– Tu ima dosta brojačica, što je jedno lepo zaposlenje za ženu bez škole. Samo je teško, jelte?

– Nije teško brojati, to je lak posao, ali je neprijatno kad dođu strane novčanice koje treba uništiti. Sve je buđavo, masno, prljavo, iscepano, izvadimo iz trezora i svaki paket ima da prođe kroz nekoliko ruku, da bi se tačno izbrojalo. Posle se baca u peć i banknotama se loži peć.

Obe činovnice izvadiše ručni rad.

– Gle, kako ste vredne. Pre podne kancelarija, posle podne ručni rad.

Činovnica Narodne banke radi crnu mušku mašnu.

– Zašto crnu?

– Pa to je sada najmodernije.

– Ipak, nije osvežavajuće. Mašna unosi jedini dekor u monotonu mušku toaletu i bolje je da se oboji. Jest, praktično je.

I razgovor se povede o muškoj modi.

Eto i slikarke.

Rukujemo se. Zadržavam joj ruku i gledam rukavice.

– Tvoja stilizacija? Manžetna od crnog laka s belim somotom. Divan kontrast.

Ona je uvek sva stilizovana. Crna toaleta do belog bolera od tafta, cipelice s belim ukrasom, neki beo motiv i na šeširu.

Ja je vrlo volim.

Ona zastade i pogleda po mojoj sobi.

– Čekaj da vidim. Ovu vazu si bezobrazno lepo namestila. – Njene slikarske oči sve zapažaju i dodaju poneki nov potez mojoj stilizaciji.

– Vidiš, ono udubljenje kod prozora. Namestila bih dve stolice. Izgledalo bi kao balkon.

– I onda samo jedna grančica od breskve i Mimi i Rudolf. Ah, draga moja, zaboravljaš da današnji Rudolfi ne vole da sede kraj prozora, da se drže za ruke i gledaju mesečinu. Oni su sad tako nasrtljivi.

Predstavljam slikarku.

Ona je najsimpatičnija devojka, puna duha, humora, vesela, nikad tužna, sjajni kozer, i kad priča, sve je u slikama kod nje.

– Mogla bi biti pripovedač.

– Pa i književnik može da bude slikar. Slikarstvo i literatura su u vezi. Slikar opisuje kičicom, a književnik perom.

Dolazi i gospodin iz Londona. Jedini muškarac u tom ženskom društvu.

– Ja ću posećivati svaki vaš žur. Nemate ništa protiv?

– Baš je to prijatno.

– A danas sam se zadržao. Ispratio sam Svetu Paraskevu.

– Otkud vi odoste u svece?

– Svetu Paraskevu? – začudiše se dame.

– Da, jedan slikarski model, jedna mala glumica koja pozira za Svetu Paraskevu. Bio sam slučajno u ateljeu jednog slikara, ona je pošla kući i tako je ja ispratim.

– I tako će mala glumica inkarnirati svetiteljku.

– Pa, ako hoćete, glumice i svetiteljke imaju veze. Obe su u hramu jer je i pozorište hram.

– Prve su predstave bile u crkvi.

Razgovor o slikarstvu.

Gospodin iz Londona priča o engleskim slikarima, koji su vrlo individualisti.

– I kod nas ima velikih talenata.

– Samo su teški uslovi za život. Ta materijalna strana ne dopušta da umetnost dođe potpuno do svog izražaja. Jedan slikar bi trebalo samo da se preda svojoj umetnosti, a mecena i impresario da vode brigu o prodaji. A on, međutim, mora da se muči i bez ateljea i da misli kako da proda.

– Jedan umetnik pre će reći: čini mi se da radim kao vezanih očiju i ruku i nogu.

– Bili smo pre u poseti kod jednog umetnika – slikara, koji ima sinčića. A jedna gospođa ga pita: „Ima li vaš sin vaš talenat?" A on kaže: „Šta? Talenat? U klici ću mu ubiti slikarski talenat ako se pojavi. Neću da se muči kao ja."

– Pa, ako hoćete, i *Cvijeta Zuzorić* je dosta skupa zaštitnica umetnika. Pet stotina dinara dnevno velika sala za kolektivnu izložbu. Jeste, ima da se isplati paviljon... Ali ja mislim, kad bude isplaćen, *Cvijeta* bi trebalo da sazove sve umetnike i da im kaže: „Izvolite, dragi umetnici, poklanjam vam ovaj paviljon jer ste ga vi isplatili svojim talentom i siromaštvom."

Vihori hoće da idu.

U predsoblju saopštavaju svoje male tajne.

– Pa ako on prošeta s nekom gospođicom?

– Onda vi, sutradan, odmah s nekim gospodinom.

Odjuriše veselo. Ljupka je mladost.

Gospodin iz Londona je u štimungu pričanja. Priča o Teslinoj ljubavi prema Sari Bernard. Poznaje velikog pronalazača, bio je u poseti kod njega.

– On je mnogo voleo veliku umetnicu i mislio je njome da se oženi. Ali se ona udala za jednog beznačajnog čoveka.

Povodom Teslinih pronalazaka, gospodin iz Londona se revoltira i kaže:

– Ne mogu da shvatim kako može jedna udata žena u prisustvu svog muža, na primer u kafani, da se kibicuje s gospodinom za drugim stolom. Beograđanka je suviše koketna i voli da ima oko sebe veliki krug obožavalaca. Ona to smatra kao svoj uspeh. U stvari, to nije uspeh. Ona ne osvaja muškarce, već svojim ponašanjem izaziva njihovu radoznalost, a kad muškarac prilazi jednoj ženi koja ga izaziva, to nije u cilju obožavanja, već da se samo zabavi, a možda da je i ismeje.

– Da, to imate pravo. Udata žena koja se kibicuje tako javno uvek je u jednoj za nju ponižavajućoj situaciji. Jer svojim ponašanjem daje prava muškarcima da rđavo misle o njoj.

Sad jedno po jedno odlaze. Gospodin iz Londona isto tako.

Činovnica Ministarstva unutrašnjih dela, slatka Liza, pita:

– Hoćete da vam pevam?

– Kako da ne? Zar vi pevate?

– Još kako.

I ona zapeva sevdalinku, toplo, poluzatvorenih očiju zapeva pesmu ljubavnog bola...

– Oh, pa vi biste konkurisali i Sofki!

Pa posle, druga, treća pesma... Činovnica Narodne banke, očiju umiljatih kao u tičice, prihvati svaku pesmu.

– Gledaj, pa ti znaš sve pesme?

– Od svake pomalo.

I činovnica se raspeva.

– Ali vi nešto mnogo uzdišete – rekoh jednoj činovnici.

– Ah, moram.

– Sećam se, pre ste mi pričali: „Prođem korzoom, pa se slatko s njim pogledam."

Uvek neki „On" u životu.

– Zar bi život imao smisla da nema „njega"?

– Zato je i vaša pesma tako lepa...

Odoše i one.

Mislim o toj pevačici: *Eto, kako muškarci ne umeju da pronađu devojke. Ovakvo jedno divno stvorenje moralo bi usrećiti svakog muškarca. I lepa, umiljata, maza, peva tako toplo...*

Ali muškarac čeka da ga žena na drugi način hvata.

Otvorih prozor. Magla ispunjava ulicu kao neki mlečni veo. Prolaznici se miču kao senke. Setih se jednog filma kad povorka duša ide u raj i pakao tako kroz neki maglovit prostor, lelujaju se kao senke i utvare.

Zatvorih prozor. Varnice prsnuše iz peći. Oh, što je slatko zimi u toploj sobi!

Pomislih kako sam sebična. Uživam u toploti svoje sobe, a zaboravljam da ima toliko sveta koji sad sedi pokraj hladne peći. Setih se jednog mladića, siromaha.

A peva kao Trubadur.

Zamislite, lutati noću bez krova i pevati.

Kozerija s čitaocima na mome žuru III

LICA:
Svršeni đak akademije
Dama sa očima Španjolke
Reducirani činovnik
Gospođica, mamica svojih sestara
Činovnica Ministarstva
Gospodin iz Londona
Mića

Sreda posle podne. Pola pet. Žur čitalačke publike. Ko će doći? Ja ne znam. Može svaki čitalac. Mala manikirka, studentkinja, činovnica, trgovački pomoćnik, otmena dama. Sve ih volim podjednako. Napolju je suvomrazica. Peć bukće u mojoj sobi. Doći će prozebli, treba da bude toplo.

Jedno kucanje.

Reducirani činovnik i svršeni đak trgovačke akademije. Ovog drugog ne poznajem. Strašno su prozebli. Odmah su zauzeli mesto na divanu pored peći.

– Ah, vama je tako hladno?

– Ceo dan smo trčali zbog službe.

– I, kakav uspeh?

– Ništa, bez protekcije ništa. – Tužni su obojica. Ja hoću da ih razveselim.

– Vi ste još crnomanjastiji – kažem reduciranom činovniku. – Došle su vam oči tamne.

– Od brige svakako. Ah, nije lako biti bez mesta.

– Kad bi se izvršila jedna detaljna inspekcija po svima nadleštvima, svakako da bi se našla jedna trećina koja uz protekciju oduzima hleb siromašnim činovnicima.

Malo su se raskravili, udaljuju se od peći.

Ulazi dama sa očima Španjolke, moja prijateljica i zemljakinja.

– Draga moja, vi ste se prolepšali.

– Da umirila sam se, i utišala svoje nerve.

Drame u životu, svuda drame. Njen život je feljton. Lepotica, legija obožavalaca i dolazi jedan čovek i osvaja srce. Jedna, druga, treća, deseta godina braka i razvod. Bez ičega je ostala žena, na ulici. Opet kancelarija.

Dama izvadi tabakeru. Ponudi reduciranom činovniku.

– Probajte dravu.

– I ja to pušim. Vrlo dobar duvan, a četiri cigarete za dinar.

– Vidite, monopol duvana misli na vas reducirane.

Gospodin iz Londona.

– Ja opet k vama.

– O, samo izvolite, tako sjajan kozer uvek je mio gost.

Soba je bila puna gostiju, razgovora, konverzacije. Gospodin iz Londona tako divno govori. Dotičemo se raznovrsnih pitanja.

– Vi ste dugo boravili u Londonu? Jesu li lepe Engleskinje?

– One su ili lepotice, ili strahovito ružne.

– A jeste li videli Beograđanke?

– Beograđanke su sve lepe, nema ružnih, ali nema ni lepotica.

– Da, ono jasno još nije došlo do savršenstva, kao kod Engleskinje, gde se stolećima razvija lepota. Crnogorka je lepa, ali ima i grubosti u njenom licu; Beograđanka je graciozna, ali se oseti oštrina crta. To je ono sirovo, što će dalje, civilizacijom da se popravlja.

– A da li bi moglo u Engleskoj da muž napusti ženu posle deset godina braka i da joj ne daje izdržavanje?

– Kao što je moj slučaj – dobaci dama sa očima Španjolke.

– Toga nema u Engleskoj, tu je žena bolje zaštićena. Muž mora ženi da daje izdržavanje, ako je on kriv ili je tražio razvod, ili mora da ide u zatvor ako ne pristaje. Bio je jedan takav slučaj. Jedna supruga je tužila muža da joj ne daje izdržavanje, i morao je da odleži zatvor. Po izlasku opet nije hteo da daje izdržavanje, i više je voleo da odleži u zatvoru, kad god bi ga tužila. U Engleskoj nije samo žena zaštićena već i verenica, i verenik mora da plati odštetu ako pokvari veridbu. Pa tamo mogu žene da špekulišu s tim razvodom kao u Americi.

– Engleskinja se razlikuje od Amerikanke. Ona je mnogo vernija od Amerikanke, čak i od Beograđanke. Ali je hladnijeg temperamenta.

– Nije ni čudo. U onako maglovitoj atmosferi i krv je vodnjikava.

– Ali Engleskinja i kad učini preljubu, neće ma s kim bilo, već s čovekom koji će joj osigurati egzistenciju ili brak, u slučaju razvoda.

– Naša žena nije takav špekulant u ljubavi. Ona voli i sluša svoje južnjačko srce.

Razgovor prekida gospođica, Mamica svojih sestara. Nazivam je tako što je možda jedna od najnežnijih sestara, domaćin, otac, mati, moralna i materijalna potpora svojim mlađim sestrama. To je jedinstven primer da mlada devojka na svojim nežnim plećima ponese toliki teret života. Stas vitak, ten lica nežan, snene oči. I uvek odmah priča o svojim sestrama.

– Htele su sa mnom da dođu, ali imaju da uče, pa su vas pozdravile.

I ona je srećna, kao prava mati, zbog njihovog uspeha; sprema ih za letovanje a ona podnosi žegu u Beogradu; prvo njima trebaju haljine, pa će tek onda ona doći na red; one neka se provode na matineu, a ona se odriče života...

Ja je zagrlih i iskreno poljubih, poljubih u njoj tu veliku sestrinsku dušu, koja će sve patnje zadržati samo za sebe, a svima drugima stvoriti radost...

Dva mlada gospodina, reducirani činovnik i đak trgovačke škole, oraspoložili su se. Zanima ih pričanje gospodina iz Londona.

Gospodin iz Londona je interesantan čovek. Na njemu alterniraju dve fizionomije. Čas je ozbiljan, gotovo namršten, aklimatizovani Englez, znatno stariji. Kad se nasmeje, dobija mladalačku fizionomiju, toplu, meku i slovensku.

– Vi treba uvek da se smešite, mnogo ste mlađi.

– To je ona moja slovenska priroda, i zbog toga sam nekad patio u Engleskoj, gde su društveni odnosi mnogo hladniji.

– A pomalo ste i boem. Ima li u Engleskoj boema?

– Vrlo retko. Englez nema smisla za boemstvo, Francuz ima više.

Asocijacijom misli, razgovor ide s predmeta na predmet.

Dolazimo do supruga velikih ljudi. Strindbergove žene, ili bolje reći ženâ, pošto ih je on više imao, i supruge Bernanda Šoa.

Gospođa Šo nigde se nije isticala pored muža, ona je uvek bila u pozadini, da mu stvori ugodan život u kući, gde bi se on odmarao. I to je sreća u braku. Onde, gde se isticala njegova ličnost, on je uvek bio sâm, ali na putovanju, gde je trebalo da se brine o njegovim koferima, uvek je žena bila pokraj njega. Strindberg već nije srećan. Njegova seksualna priroda mu je smetala, on se često razdvajao.

– A čudnovato je to da veliki intelektualci nikad ne uzimaju intelektualke.

– Nije čudo, oni imaju dosta pameti, pa bi im ta suvišna pamet smetala.

– Intelektualac traži ono što njemu nedostaje: nežnost žene, ljupkost, gracioznost, toplinu...

Konverzaciju prekidaju moji medeni kolači i kuglov. Svi hvale kako su ukusni, i moja sujeta domaćice polaskana je...

Ne znam kako dođoše na red i Brana Petronijević i Nikolaj Velimirović.

– Kažu da Brana Petronijević voli ženski svet.

– Ko ne bi voleo žene! A on može da bude zanimljiv u društvu. On nije od onih naučnika koji se uhvate u razgovor samo za svoj predmet i ne umeju da se udalje od naučnih stvari. Naprotiv, Brana Petronijević vrlo retko ako spomene psihologiju i filozofiju, već je prijatno s njim govoriti o sociološkim i političkim pitanjima, umetnosti...

– A kako Nikolaj Velimirović sastavlja svoje besede? Da li ih piše i čita?

– Ne, on ih više memorira.

– Sjajan je besednik, ja ga prosto obožavam.

– Mislilac velike intuicije.

Razgovor je vrlo živ i svi smo raspoloženi. Dama s očima Španjolke još je lepša, zagrejana toplotom peći.

Neko gruva u vrata.

– Gospode bože, ko li tako gruva!

Potrčah da otvorim vrata.

– Mića! Pravi Sneško, sav u beloj bundici. To je moj sestrić, tri i po godine. Sladak je.

– Imaš goste?

– Imam.

– Onda neću da uđem.

I odjuri kroz hodnik svojoj kući, ljut na mene i goste, koji ga potiskuju iz mog srca.

Ali evo ljupke činovnice. Rumena od zime i unese svežu struju vazduha.

Gospodin iz Londona mora da ide, ima posla. Odlaze i gospođica, mamica svojih sestara i dva mlada gospodina. Ispraćam ih. Mislim o ovim mladićima. Ko može reći da je današnja omladina lakomislena. Ona je u jednom vrtlogu krize i redukcije, i te moralne i materijalne patnje probudiće je možda. Posleratna mladež, odmah prvih godina, bila je vesela, lakomislenija, ta takozvana šimi omladina. Više ona nije takva. I onaj bol i briga u očima mladih ljudi pokazuju svu njegovu duševnu borbu, kad se misli samo na službu na rad, a ne na igru i provod. Ako poredimo danas ovu omladinu, u vrtlogu krize, i onu, čak ratnu koja je ginula, možemo reći da je danas teži život, zato što je pokoleban cilj života. Onda je omladina ginula i znala zašto gine; učili su i znali da će njen rad biti nagrađen službom. Danas uči, i ne zna da li će dobiti mesto, bori se za karijeru i jednog dana redukcija je prekine.

To je sudbina svih generacija u istoriji, koje su morale da osete i prežive posledice velikih ratova.

Sad smo u sobi samo nas tri: dama sa očima Španjolke, činovnica Ministarstva i ja.

Činovnica priča:

– Ah, tako sam umorna, ceo dan sam radila, pa cifre, cifre pred očima, da mi nekad mozak stane pred tim ciframa. I jutros računam, računam, pa najedared sedam i dva jedanaest; pa nikako da saberem.

– Ah, znam ja to – reče dama sa očima Španjolke. – Kad sam radila u računovodstvu, pa izađem uveče iz kancelarije, meni samo cifre igraju pred očima.

– Da vam se i svi muškarci na ulici pretvore u cifre, ili neke lepe oči osveste vas od tih cifara.

Nasmejasmo se.

– Ah, muškarci! Manite ih. Evo ja večeras nisam htela da idem na jedan randevu, nego sam došla k vama.

– Pa onda će me omrznuti muškarci, ako vi pretpostavljate mene jednom randevuu.

– Kakav randevu? Znam, šetali bismo se, pa bi mi onda predložio da idemo nekom mračnom ulicom.

– Najbolje da se udate. Da se oslobodite kancelarije.

– Ah, nikad! I da se udam, ostaću činovnica.

– Nikako ne napuštajte službu – reče dama sa očima Španjolke. – Ja sam pre braka bila činovnik u banci, pa napustila, pa posle deset godina opet u kancelariji. Kako je to teško.

– Teška je i kancelarijska služba, posao, posao, ali opet, kad pogledam onu hiljadarku, ja se pitam: „Bože, da li sam ja ovo zbilja zaradila?"

– A koliko imate platu?

– Hiljadu trista.

– Pa možete li da izađete na kraj?

– Vrlo lepo. Četiri stotine dinara stan, četiri stotine kòst.

- Toaleta?

- Ah, za toaletu je lako. Sad sam izradila jednu bluzicu od vunice, dvadeset pet dinara me košta, da znate kako je slatka, pa sam sašila suknju od kaše.

I mlada činovnica je puna oduševljenja za svoju platu, belu sobicu, skromnu toaletu, nimalo prohteva za luksuzom u nje, zadovoljna onim što ima, i ume da nađe sreću u tome. Mogle bi joj zavideti bogate devojke, koje imaju luksuzne toalete, ugodan život, provod i uvek su nezadovoljne iako celo jutro provedu sedeći, u pidžami s cigaretom u ustima, glačajući nokte i prelistavajući modne žurnale.

Dama sa očima Španjolke odlazi. Ostaje samo činovnica Ministarstva. Seda uz peć, pali cigaretu i otvara svoje malo srce željno ljubavi...

Odlazi i ona.

Sad sam sama.

Neko diskretno lupa na vrata.

Nisam nimalo plašljiva. Ali ko li je to sada?

Tek jedan mjauk!

- Ah, Baćuška, ti li si, skitnice jedna! Znam, prozebao i gladan, pa osećaš da treba da se večera.

On prede, umiljava se. Pravi tigar. Sad se najeo, opružio pokraj peći da greje prozebla leđa.

Ja uzimam moj ručni bolero od vunice.

Igle pucketaju, razmišljam, tišina. Mislim o razgovorima, s mojom dragom čitalačkom publikom. I ne osećam samoću.

A ona je oko mene, puna poezije i idile...

Koješta, ipak nisam sama. Baćuška prede, žmirka i gleda me svojim očima boje suva lišća s mnogo obožavanja.

Stara dama se seća slava

Čitave povorke na ulici kao da idu na neku paradu. Mladi parovi, stariji, đaci, devojke, mladići, deca. Slava je. A sneg je napadao, škripi, promakne pokoja lepa pahuljica kao leptirak, poleti s krova čitav mlaz belog praha, zavitlan vetrom, neka grudva projuri kroz vazduh, ili topot dečjih nožica koje vuku sanke.

Stara dama sedi kraj prozora sa svojom prijateljicom. Ona više ne ide po slavama. Reumatizam ju je privezao za sobu, i njena mala, otmena stopala, u toplim štofanim cipelama, ne mogu više da prkose mrazu. Kosa seda, lice starački lepo, pogled blag. Gleda kroz prozor sav ovaj svet.

Prođe jedan mlađi par.

Gospođa uzdahnu.

– Ovako sam ja nekad s mojim Perom, pa po slavama i pre podne i po podne. A voleo je onda svet slave; to je bio jedini provod. Ne kao sada. Odeš, posediš, poslužiš se, pa večere, ručkovi, i prvi i drugi dan, i još moje, najbolje prijateljice, dođu čak i trećeg dana. Gle kako je lepa ona mlada žena. Tako sam i ja bila mlada. Sećam se jednog Đurđevdana. Bila je prva godina kako sam se udala za Peru. On udovac a ja udovica, tek dvadeset šest godina, lepa, visoka, zdrava. Pošli po slavama. I kao da je to sad bilo, sećam se čak i moje haljine.

– Crna svilena haljina, belo atlasno libade, tepeluk, grana, a oko vrata lančić i sat, pa lanac s prsta debeo. Gde god smo došli na slavu, a meni daju komplimente. „Gde ti, Pero, nađe ovakvu udovicu!" „Ume Pera, vidi ti njega." „Bogami, čuvaj ti gospođu." I vazdan laskave reči. A ja crvenim i vidim on se smeši, ali me ljubomorno pogléda. A ja se držim ozbiljno, ni da se nasmejem na ta laskanja. Dođosmo tako našem kumu na slavu. On Perin drug, mlad čovek a ostao udovac, pa s majkom sedi u kući i slavi. Uđosmo ti mi, on se poljubi s Perom, pa drž cmok i sa mnom posred usta. Nisam se ni nadala tome čudu. Sva planuh, pa ne znam ni gde da pogledam i samo što pogledah Peru, vidim uzdigô levu obrvu, a ja već znam šta to znači, nozdrve raširio i sav se narogušio. *Biće belaja*, pomislim u sebi. Sedosmo tu, ne znam šta smo razgovarali, pa se oprostimo. Jaoj, kad izađosmo, a on ti riknu na mene kao ris: „Sram te bilo, da se ljubiš s njim!" Pa ti dunu pa pravo kući. „Više nigde nećemo ići na slavu." A tek kući kad dođosmo. Kad je počeo da praska, lupa, baci jednu čašu na zemlju, dohvati drugu, treću, ja drži oko njega, plači, kukaj, preklinji, a on poludeo. Jedva se umiri, ja se svukoh, džabe ti slave i provod, a imali smo još na pet-šest slava da idemo. A on kad se umiri i prođe ga to ludilo, viknu: „Hajde, oblači se, idemo opet na slave." I ja, sirota, oblači se ponovo, kako, zar da se svađam? Šta ćeš, čovek je, muškarac, pa mora žena i da pretrpi. Ludoglav je bio i naprasit, a posle blag kao melem. Znala sam mu narav, pa sam trpela. I posle nastavismo slave kao da ništa nije ni bilo i završismo s jednom večerom... Eto, tako smo mi u starinsko vreme trpele od muževa, ali ćutale smo, nisu oni bili bolji nego danas, nego smo mi žene bile bolje. A danas muž jednu reč, a žena tri. Sve neka nervoza.

Jedno dete zaplaka na ulici. „Hajde, sine, sad ćemo mi na slavu pa ćeš jesti kolače", govorila je mati.

– Vidiš, sad i decu vode po slavama, a onda ti se znalo: prvi dan roditelji, drugi dan devojke i žene. Decu nije niko vodio po slavama. Ali, istina, danas majke i nemaju gde decu da ostave, onda je bolje da ih vode. Moja deca su se mnogo radovala slavi. Ali drugojačije se onda spremalo. Sad gledaš samo kakvi su kolači. Sve nešto kupovno, malo, neće žene da se muče, tek samo da se otalja taj običaj. A u moje vreme po deset dana sprema se za slavu. Namesiš, prijo, pun sanduk kolača, po petnaest sorti, pa nije kao sad neke tortice od šest jaja, nego mutim crnu tortu od dvanaest jaja, pa isečem komadine, imaš šta i da pojedeš. A moj pokojni Pera samo moli: „Umesi što više kolača." I nije samo kolača nego i pršute, pune tacne. E, drugo je vreme bilo. Svaka kuća kolje svinju, pa puni ćupovi masti. A sad kupuje svet sve na kilo i pô kile. Imala sam jednu kumu, što je ta umela da mesi kolače, pa ona meni za slavu pomaže, a posle ja njoj. A decu još pre slave ponovim sve novo od čarapa i cipela. Lako je onda bilo. Čojica šest groša, cipele šest dinara. Naša je slava bila Mitrovdan. A jedne godine ja sam bila u drugom stanju. Trbuh do zuba. Moja kuma neprestano: „Kuku, kuma Lepa, da ti ne rodiš o slavi!" „Neću, kumo, po mom računu u sedamnaesti dan po slavi!" I ništa, kao da nisam u drugom stanju, trčim, radim, mesim, laka kao pero. Dođe slava, sve spremno, gosti nagrnuli, pune sve tri sobe, pa nemaš gde da sedneš. Svi me zadirkuju, hoće li sin ili ćerka. A moj Pera sve navija za sina, ja sam već imala dve ćerke. Onako trbušasta nisam mogla nijednu srpsku haljinu da obučem, nego mi jedna gospa Perka sašila matine. Tako se to zvalo. Pozadi na struk, a napred falte, do pojasa, a na grudima velika mašna i puštene šlajfne. Bila je od plavog štofa, a suknja crna. Beše sve lepo, dočekujemo goste, razgovaramo; ja tek istrčim, naređujem devojkama što poslužuju: „Pazite samo da svaki bude poslužen. Bolje i tri puta da poslužite nego da preskočite red!" Već je četiri sata posle podne, a gosti još više nagrnuše. Kad ti ja odjednom osetim, sevnu mi nešto u krstima kao da me nož udari. Jednom, pa drugi put. Prestane, a ja ćutim, mislim proći će, znam, to se dešava u zadnjim danima. Kad ono opet otpoče. Šapnuh ja Peri: „Jaoj, Pero, mene poče u krstima da seva!" Ne znam sad gde ću. Sve sobe pune gostiju. Ali srećom, imali smo u avliji jednu sobu i kujnu, i u sobi jedan krevet. Odem ti ja tamo. Dođe i moja kuma i ja joj kažem: „Jaoj, ovo porođajni bolovi." Kuma me namesti u krevet: „Lezi ti, a ja ću s Perom da dočekujem goste", naredi ona da trče po babicu. Gosti pitaju gde je gospođa. Pera se smeje: „Nešto joj nije dobro", oni se već dosećaju, ali jedni dolaze, drugi odlaze, ništa to, slava se mora slaviti. Dođe babica i sve se završilo za četiri sata. U osam sati – sin. Posle te radosti, pa večera je bila, do zore su ostali, a moj Pera sav srećan. I tako sam ti rodila mog Boru na sâm dan slave. Pa sam ga savetovala: „Sine, uvek da poštuješ slavu." I on, srce moje, uvek slavi, neće taj da propusti slavu, kao što čitam po novinama. Ovo ti ranije bilo, a čitam danas, čitava jedna strana, pa svi ne slave. Neće da se muče. Pobegnu od kuće u drugu varoš samo da izbegnu taj dan. A onda, vidiš, žene su i rađale na sâm dan slave i neće običaj da pogaze.

Automobili su jurili ulicom. Prođe i jedan fijaker. Stara dama pogleda fijaker i seti se jedne uspomene.

– Baš je bio Sveti Nikola. Ja i Pera smo nekoliko dana ranije napravili spisak. Četrdeset dve slave smo imali. Ono, živeli smo u unutrašnjosti, pa kuća do kuće, nije kao sada, jedni na Voždovcu, drugi na Dorćolu, ali opet mnogo je. Šta samo imaš da se poslužiš. Nismo ni jeli kolače, nego u džep, da deci donesemo. Raduju se deca za Svetog Nikolu jer pune džepove kolača donesemo. One naše srpske haljine, pa i s jedne i s druge strane džep, pa naguraš kao u kesu. A deca mi poručuju: „Najviše, mama, da uzmeš suvu pitu s orasima." Idemo mi tako, klancasmo, pa baldisasmo. Nismo bili ni mladi, a moram svakom da se odužim. Opominjem Peru neprestano: „Crni čoveče, nemoj da piješ. Mešaš toliko vina, te na jednom mestu crno, a na drugom belo, uhvatiće te bogami..." Obiđosmo tako dvadeset pet slava, ali jedva idemo. Dođosmo do jedne ćuprije, kad ti se moj Pera okrete i dunu kao vetar. Pero, vičem ja, kuda ćeš. Ništa on ne odgovara, ode čovek kao bez glave. Zastadoh kao luda na ćupriji. Pijan, bogami, napio se. Znala sam ja to, zato ga i opominjem. Potrčah i ja za njim. Kad imam šta da vidim. Uskočio moj Pera u jedan fijaker, pa pravo ka meni. „Sedaj, ženo, u karuce, hajde i mi gospodski da idemo na slave. Vala neka košta koliko košta, ne mogu više peške..." Sednem ti ja, zavalim se u karuce, a na meni je nova atlasna bunda, pa ti ja i moj Pera tako karucima obiđosmo sve slave...

Jedna grupa đaka s tamburama prođe ulicom. Smejali su se, pevali i svirali. Pogleda ih stara dama, i opet niz slatkih uspomena.

– Kako su častili đake o slavi... deca odrasla. Nada se udala, Dragica studentkinja, a Bora maturant: ovo mi je poslednja godina u gimnaziji, molim te, spremi mi lepo da počastim moje drugove. A uvek sam spremala za đake. Za njih odvojimo punu činiju žita. A Pera je ginuo za decom. Samo njima da je lepo, da se oni počaste. Jabuku u varoši da dobije, neće da pojede nego donese deci. Mnogo ih je mazio. Ja sam već bila stroža i mene su se više pribojavali, ali što se tiče toga da im ugađam, tu nisam žalila truda. Slava je najveća dečja radost, pa sam htela da osete tu radost. I znam kao sada, te godine kad je moj Boro bio maturant, kaže meni Pera: „Hoću za Borine drugove da kupim jedno prasence, a ti da umesiš gibanicu, pa postavi u njegovoj sobi." Udesim ti ja sve to tako lepo, jedan veliki sto, pa tu pečenje, gibanica, kolači, vino... Puna soba je bila, jeli su, pili, pevali, častili se, svirali... Mi u drugoj sobi s gostima, ali Pera svaki čas navrati kod đaka: „Veselite se, sokoli moji!" „Hoćemo, čika Pero!", viču oni. Volela ga je omladina, umeo je s njima. Sutradan došao Bora sav radostan iz gimnazije. „Mama, svi moji drugovi pričaju u gimnaziji da se nigde nisu tako lepo proveli na slavi kao kod nas."

– A i sirotinju sam pomagala o slavi. Toga dana, znalo se, kuva se pun lonac kupusa s pastrmkom i sve to po devojci pošaljem sirotinji. Sećam se, jedan stari pobožni prota uvek je govorio: „Slava, gospođo, to je kolač, sveća, žito i ono što udelite sirotinji. Ono drugo što vi spremate to je samo čast, to Crkva ne traži.“ I ja sam se uvek pridržavala tih protinih reči. Siromah je u našoj kući morao biti dočekan kao i bogataš. I u našu kuću su dolazili gosti i najbogatiji kao i najsiromašniji, i svakome smo mi vraćali posetu. Tako sam uvek i decu učila, da vole sirotinju i da prema svakom budu ljubazni i gostoprimljivi.

Jedna gospođa i gospodin prođoše. Gospođa se okliznu i pade. Muž poče da je diže i da joj čisti sneg s kaputa.

Stara dama se nasmeja.

– Gledam ovu gospođu kako pade, pa se sećam jednog Svetog Jovana. Već smo bili ostarili. Posle dve godine Pera je umro. Slave smo predali deci, ona su nas zamenjivala jer su mene noge počele da bole, pa smo išli samo na dva-tri mesta, gde baš moramo. Naposletku smo ostali kod moje sestre od tetke. Sneg je napadao, kao ovo danas. A ja batrgam po onom snegu, a on sve ispred mene. Kažem mu: „Čekaj, Pero, da te uhvatim ispod ruke.“ „Batali, ženo, što da me držiš ispod ruke, da nam se svet smeje. Nismo se držali u mladosti, pa valjda nećemo sad u starosti.“ I opet on napred a ja za njim. Dođosmo do jednog sokačeta, pa zastanemo jer je samo jedna staza, a sa strane kao dva bedema od snega. On ispred mene a ja za njim. Meni se razvezla pertla na cipeli, sagoh se da je vežem, pa se preturim u onaj bedem. Koprcam se da se dignem, ali sve više upadam u sneg. Vičem: „Pero, Pero!“, a on ti čovek ode i ne čuje, i ja ostadoh u snegu. Ne okreće se on da vidi idem li ja za njim, ulazi u kuću i viče još s vrata:

– Dobro veče, srećna slava!

Izađoše oni, a moja sestra pita iznenađeno:

– A gde je seja Leposava?

Okrete se on iznenađeno.

– Pa išla je za mnom... Gde li se dela?

Potrčaše oni svi, kad imaju šta da vide, ja se još koprcam u snegu. Digoše me iz snega i očistiše, a posle smo se svi smejali, i uvek su ga dirali da je ženu izgubio u snegu. Došao i Bora na slavu posle nas i čudi se:

– Pa zašto, tata, nisi držao mamu ispod ruke?

– Mi to nismo navikli, a ti tvoju ženu drži...

A kad smo se vraćali kući, a moj lepi Bora uhvatio me je ispod ruke, pa gde god je oluk, on pazi da pređem, a ja se smejem pa kažem: „Blago meni kad imamo ovakvog sina...“

* * *

U predsoblju se začu larma dečjih glasića, i unuk i unuka uleteše u sobu.

– Staramajko, što smo se fino proveli na slavama.

– Ako, blago staramajki, kad ja ne mogu, idite vi.

– I sutra su nas zvali na dve slave.

– Pa što su lepi kolači!

– A jeste li staramajci doneli kolač? – pitala je osmehujući se.

– Nismo, zaboravili smo, sve smo pojeli.

– Tako, zaboravili ste staramajku, a staramajka je donosila vašoj mami i tati.

– Sutra ću da ti donesem – govorila je umiljato curica.

– Neću, neću ja kolač, dušo, šalim se, jedite vi – govorila je baka nežno i s ljubavlju gledala svoje unučiće.

Pred redukcijom

– Još deset minuta do šest.

Kako su slatki ti poslednji minuti koje mlada činovnica ima da odleži u svojoj toploj postelji. Ona gleda u sat, kao da bi usporila kretanje skazaljke, i svaki minut produžila u pet dugih, da bi samo imala to zadovoljstvo da se odmori što duže u svojoj postelji, kao one srećne žene koje ne znaju za buđenje budilnikom, brzo skakanje u hladnoj sobi, žurbu oblačenja, doručka, trku za tramvajem...

Kad skazaljka nemilosrdno stade na šest, činovnica skoči iz postelje. Sve kod nje ide jednom automatskom veštinom. Za četvrt sata bukne vatra, struji lončić s kafom, mleko se sprema da se naklobuči, ona se oblači i pevuši.

Pevuši jer je danas subota, poslednji dan u sedmici, iza koje dolazi ona tako željena nedelja, sa svojim jutarnjim snom. Kako je ona željna svoje kuće, kako je i njena kućica željna nje, ta soba i kujna, gde ona provodi kao samica, ostavljajući je svako jutro, da bi ceo dan bila zatvorena, hladna, utišana, samo sa otkucavanjem časovnika, kao nekim pulsom među tim mrtvim stvarima. U podne ona ne dolazi kući kao mnoge činovnice. Kako bi došla? Dok ruča u restoranu već je pola dva i ona mora u kancelariju. Sa zavišću nekada posmatra žene na prozorima svojih kuća, koje sačekuju muževe na ručak, ne izlazeći nigde, i ona zažali svoju sobicu, u podne tako hladnu, napuštenu, koja jedva čeka uveče nju, da je ispuni svojim koracima, pogledima, da zagreje one zidove i uglove pune zimske hladnoće.

I jutro, tako užurbano, kratko, ipak joj je milo, dok vatra puckara, ona ide, tamo-amo, poslujući kao žena, što je nekad željna više nego svoga stola s aktima i pisaćom mašinom.

Jutros pevuši. Nešto lepo dogodiće se danas. Da, to je opera. Ona i njena prijateljica uzele su karte, gore na drugoj galeriji, i to veče za nju je tako svečano kao svečani bal neke gospođice. Ona voli i tu svoju galeriju, gde seda uvek bez zavisti gledajući parter, a nekad se spusti u foaje, prošeta međ' tim svetom fotelja i loža, nimalo ne razlikujući se od tih dama svojim stasom i tom elegancijom, koja pri večernjoj svetlosti daje bleska i njenoj jeftinoj svili što tako graciozno obmotava njen stas.

Zato ona pevuši, a pevuši i vatra, smeše se njene oči jer vide sve te njene ljubimce na bini, njenog tenora, baritona, onu sopranistkinju koju ona voli, celu binu, koja će je začarati jedno veče i učiniti da zaboravi svoj sumorni kancelarijski život.

Minuti odmiču tako brzo i ona se sve brže kreće po sobi. Još samo ovo da namesti, da ostavi stvarčice na svoje mesto, puno nekih sitnih poslova pojavljuju se i ona ritmički leti od jedne do druge stvari.

Ah, ta činovnička žurba!

Ključ se okrete u vratima i ona pojuri kroz dvorište jedne višespratne zgrade, koja je imala sa ulice elegantnu fasadu, a u dvorištu male stanove od sobe i kujne za siromašni činovnički svet.

Za svojim stolovima već su sedele tri činovnice. Ona uđe sa zimskim rumenilom na obrazima, pozdravi ih, nasmeši se, sede za sto. Onda se okrete, začudi je ta njihova ćutljivost, pogleda jednu, drugu, treću, zaustavi se na onoj najbližoj podlakćenoj na ruku, s nekim tupim pogledom.

– Što si se tako snuždila?

– Što sam se snuždila? Ti ne znaš ništa?

– Ne znam...

– Znam da ćemo ti i ja biti reducirane. Ušle smo već u spisak.

– Reducirane?!

Ta strašna reč je tako ošinu, da ona oseti neku nesvesticu, i gledaše je bezizrazno, ne govoreći ništa, ne razumejući, pruži ruke, uze jedan akt, ali nije bila svesna šta hoće s tim aktom, prevrte ga, kao da čita, ali ništa nije znala šta čita jer se svuda oko nje umnožavala, uveličavala ta reč: „Reducirana!“, „Redukcija!“ Iz te nemoćnosti, ona se prenu, savladana:

– Ko ti kaže da će nas reducirati? Možda to nije istina.

– To je svršeno, veruj, njih dve neće, ali nas dve hoće, mi smo prekobrojne, a i mnogo nas je ovde četiri.

Ona se pobuni, htede da protestuje, ali nije imala moći, samo prošaputa:

– Pa zašto baš nas dve? – i pogleda one druge dve, koje su slušale, i jedna od njih, shvatajući njihovu patnju, umeša se, kao da ih uteši:

– Nije to tačno da ćete biti reducirane. Možda ćemo baš nas dve.

I strepnja se videla u njihovim očima, sve četiri tu, za svojim stolovima, oborene glave, gledale su akta, nameštale tabake i pisaće mašine, s jednom istom misli, jednom reči, onom strašnom, koja razmahuje po svim kancelarijama kao bič, kao kosa smrti, tom rečju što se zove: Redukcija.

Mašine počinju svoje trakaranje, one sve kucaju mehanički, i sve idu neprestano za onom jednom rečju: redukcija... I tek se utiša jedna mašina, činovnica podiže glavu, i pita, kao da traži objašnjenje, utehu:

– Da li je to istina?

I ostale mašine zastanu, počinje opet razgovor, jedna drugu hoće da ohrabre, a nijedna nema hrabrosti u sebi, sve su kao jednim udarcem smrvljene, i ta nežna ženska pleća povijaju se toj mašini, i prsti počnu besno da udaraju, kao da svaki onaj brzi otkucaj govori: zar ja nisam bila vredan činovnik? Zar ja ne radim od jutra do mraka? Zašto da me reduciraju?

Mladoj činovnici nešto steže grlo, i gorko, tako joj je gorko u ustima, i nestaje joj daha u grudima. Bacila bi sve, zaplakala... A šta oplakuje? Da li radost života, zadovoljstva, provod? Ne, već ovu sumornu kancelariju, ovu mašinu, pisaći sto, za kojim sedi savijena, ali to je bio njen život, njena egzistencija, ta kancelarija ju je odevala, hranila, davala joj mogućnost da živi, da se nasmeje, da se odmara nedeljom u svojoj kućici, da se raduje pozorištu i svojim skromnim haljinama. I to joj sad oduzimaju, sve.

A posle, šta će biti posle s njom? Gde će? Šta da radi?

Njen mozak prestaje da misli, ona oseća samo neki strah, groznicu, samo joj zubi cvokoću, neka zima, ledena jeza pred sutrašnjicom.

Pogleda svoje koleginice. Sve ih muče iste misli. Ipak je njima lakše. Imaju bar nekog, a ona je sama, ni na koga da se osloni, ni od koga pomoć da zatraži, nekad srećna što je bila nezavisna, a sad u toj nezavisnosti oseća svu tragičnost mlade devojke.

Kancelarijski sat odmiče sporo, ispunjen nečim teškim, bolnim, i sva ta kancelarija, celo nadleštvo, kao da u času izmeni svoju fizionomiju. Ulaze činovnici, oni nose svoja akta šefovima, i ti šefovi, do maločas prijatni, dobri, sad su tuđi, daleki kao neprijatelji, koji možda pripremaju sve to, smeše se na njih, a u fiokama im stoji ta strašna presuda, koja se zove: redukcija. Iskucava podne, trenutak koji se najradosnije očekuje. Danas nema te radosti. Sve uzimaju lagano svoje šešire, mantile, oblače se, izlaze ćuteći, turobne, kao da im je žao da ostave tu kancelariju, u kojoj bi bile u stanju sada i podne da presede, da rade, samo da bi tu večno ostale.

Mlada činovnica ide ulicom. Kako je neobična i ta ulica. Kako drugi svet. Nema više u njoj ničega ženskog, one koketerije, dobacivanja pogleda, osmeha... Borba za opstanak, ništavna, i osećanje ljubavi. Sada, kad bi je neko zapitao: voli li da se u nju zaljubi najlepši mladić, ili da je ne reduciraju, ona bi volela ovo drugo. Idu pokraj nje, žure, neki veseli, nasmejani. Ona ih gleda melanholično i misli: *Blago njima, kad mogu da se smeju...*

Njen mali restoran je uvek isti, ali sad su svi drugojačiji. Na onom uobičajenom mestu sedi mladić, koji joj uvek dobacuje zaljubljene poglede. Kako ona danas ne oseća toplinu tih pogleda, sve je za nju umrtvljeno, svi kao da su neprijatelji... Hoće da jede, ali ne može. Gorko, uvek gorko i teško u grudima. Nešto joj se magli pred očima, zaplakala bi, ali kako tu da plače. I otvori oči, da ne dâ suzama da se skupe, i one kao da joj utonuše u duplje, samo joj se obrazi rumene, neka vatra, gori joj lice, a ruke hladne, i srce sleđeno, i ceo organizam. I uvek ona strašna reč, kao ledeni bič, koji šiba: redukcija.

Njena duša sva ustreptala od bola, plače s tužnom arijom sopranistkinja. Tu u operi ona ne može više da se savlada. Suze, koje su ceo dan navirale, a ona ih susprezala, sada klize, i sva je utonula u beskrajnu tugu. Oplakuje sebe, kao što bi oplakivala nekog samrtnika. Za nju prestaju sada sve radosti. Više neće dolaziti ni u operu, neće se smešiti, neće možda ni živeti. Šta će biti s njom kroz mesec dana? Ona se upita i zadrhta, i ne sme sebi odgovor da dâ. Gleda oko sebe, posmatra dame. Izlaze u foaje, oslanjaju se na ruke svojih muževa. O, kako su srećne. Da je sada i njoj da se na nekoga nasloni. Zar je za ženu borba, zar je za nju ova patnja života? Izlazi iz pozorišta, gleda dame u krznima, elegantne gospođice. Svi su srećni, a ona, mala činovnica, sva izmučena, njoj se uskraćuje život, taj mučni život, za koji je sama zarađivala.

– Ti si tužna nešto – govori joj prijateljica.

– Nisam, čini ti se, muzika me samo rastužila – brani se ona i hoće da sakrije svoj bol i svoj strah.

Žuri kroz noć kući, jure pokraj nje automobili s ubundanim damama, prolaze parovi podruku, razgovaraju, smeju se, a ona ide sama, sama sa svojom borbom i patnjom. Uđe u svoju hladnu kuću, okrete se po njoj, zagleda svuda unaokolo, i bol koji ju je ceo dan gušio, sad kao da se raspuče i izli bujica suza, ona pade na postelju, zajeca, zatrese se sva u toj groznici i strahu od sutrašnjice.

I sutradan, opet je probudi budilnik u deset minuta do šest.

Kako je to jutro sada tužno, kao da je neko umro i ona cele noći sedela u sobi pokojnikovoj. Samrtnik, to je ona. Gleda oko sebe, s nekom bolnom razneženošću, tu svoju sirotinjsku kućicu, koja je za nju bila i salon i budoar, u kojoj je njena duša nalazila lepote, ne zavideći sjaju i raskoši drugih žena...

A sad, šta će biti sad?

Prvog neće imati kiriju da plati, hranu da nabavi, ogrev, ništa...

Ostaje joj samo ulica.

Tu joj mozak prestaje da radi.

Ona besvesno gleda sve one prozore na višespratnoj zgradi... Još su tamo spuštene zavese. To je otmeni svet koji spava. Tu su srećne žene koje ne znaju za životnu borbu i opet nezadovoljne. Tek će ustati u osam ili docnije, u somotskim penjoarima, lenjo izdavati naredbe služavkama, s cigaretom u ustima. Na onom drugom spratu gospođice neke, što do deset spavaju, uvek apatične, dosađuju se kad moraju u kući da sede, bez društva, bez karijere. Kako one ne znaju šta je život, kako su nezahvalne svojim muževima, roditeljima. A ona, mala činovnica, ostavljena sama sebi, kako bi umela biti zahvalna i ocu i mužu. Sad zavidi svakom, svakoj koja ima zaštitu muškarca. Onoj radnici što zorom isprаća muža i čeka ga uveče da joj donese svoju nadnicu. Zar to nije bolje, zar nisu srećnije sve te žene, što su uvek u svojoj kući, uvek u toploti, pokraj dece, majke i supruge, a ne kao ona, činovnica, večno za mašinom, za stolom, večno pred strahom da ne ostane bez hleba. Da, to je emancipacija. Prava žena, jednakost s ljudima. „Izvolite u kancelariju, ali izvolite i napolje iz kancelarije. Vi hoćete da budete isto što i muškarac, pa se morate boriti kao i on, morate podnositi sve tegobe, i morate i vi biti žrtve redukcije." Žena i redukcija!

Njen organizam se zatrese, zajeca, oseti ona svu nemoć žene, slabe, nesposobne za borbu i zaželi da je neko zaštiti, sačuva, ali ko, kad nikog nema, i šta sad da radi, kako da dočeka taj dan, kako i gde?

I onda se umiri, utiša, zagleda u jednu tačku i prošaputa.

„Ubiću se!"

Ta misao kao da joj skide neki teret, ali još je u nekom nesvesnom stanju. Ide po kući mehanički, kao neki bolesnik, izlazi, kreće se ulicom kao automat. Nešto je iščezlo u njoj, ugasilo se, ona vitalnost života, koja pokreće na rad, daje impuls celokupnom životu.

Jedna misao kljuca u njoj, otkucava nekim strašnim otkucajima, kao sat u ponoć, negde u nekoj misterioznoj kući:

„Ubiću se!"

Pored nje tutnji tramvaj, ona zastaje, gleda one strašne točkove i kao da vidi sebe ispred onih točkova.

Strese se sva i zatvori oči.

„Ne, ne mogu, to je strašno."

Njen mladi organizam pun je snage, i strašna je to borba između života i smrti.

Drugačija, lakša smrt, samo bez bolova, da se uspava, da je nestane... Ko će je žaliti? Niko? Iščeznuće kao neki leptir, pisaće o njoj novine i zaboraviće je. Ona je onaj mali šrafčić u ogromnoj mašini koja se okreće i tutnji, i kad on ispadne, nikakav kvar se i ne oseti...

Život će i dalje huljati sa svojim radostima i bolovima.

Mlada činovnica se spušta svome nadleštvu. Ide oborene glave, ne gleda nikoga. Odozdo juri, tutnji i zvoni tramvaj. Tu je nizbrdica, tu ne može da se zaustavi.

Ona diže glavu. Ču vrisku. Jedna devojčica je zaglavila nogu u šine. Tramvaj taman da naleti na nju. *Naleteće!* Ona jurnu, dočepa dete, otrže je snažno, pade na trotoar, udari potiljkom u ivicu trotoara, devojčica se sruši na nju, a tramvaj prohukta. Dete je bilo spaseno.

Ona ostade nekoliko trenutaka ležeći na trotoaru, devojčica se diže, i ona lagano, opipa potiljak, bila se raskrvarila, ali ju je šešir ipak zaštitio od teže povrede. Utom videše kako trči jedna služavka, dolete do njih zapomažući:

– Jaoj, htela je da pogine! Ja sam videla odozgo, ona mi je umakla, uvek je ja vodim u školu... Jeste li se povredili? Hajdete, eno tamo, u onoj ulici je naša kuća, da vam operemo ranu. Bože, šta se moglo desiti... Teško meni! Jaoj, kad gospođa čuje... Jedinče, pa ga čuvaju kao oči u glavi!

I sve tri požuriše do kuće. Služavka, sva usplahirena, ispriča šta je videla. Gospođa vrisnu, zagrli činovnicu, izljubi je, dočepa dete u naručje. Donesoše jod, ispraše ranu, mala je bila, izgleda, bez povreda. Gospođa je drhteći pitala činovnicu kako se zove, gde radi, gde stanuje, zahvaljivaše se po stotinu puta, molila ju je da dođe, da je poseti, zadržavala je da ostane, činovnica se izvini, žurila je da ne odocni u kancelariju, oprosti se s gospođom i žurno ode.

U kancelariji ono teško osećanje kao neka agonija. Rana ju je malo bolela, ali ona nije to osećala. Taj fizički bol nije bio ništa prema onom psihičkom. Žalila je što nije poginula kad je udarila glavom u trotoar. „Kako bi to bilo lepo, spasla bih dete, a ja poginula." Šta će meni život, ono treba da živi, onako srećno, maženo, i mati njegova je sigurno srećna, zadovoljna žena...

I tako dan za danom prolazi, težak, mučan, ispijajući dušu jadnim činovnicama, i uvek strah od te strašne redukcije.

– Gospođice, traži vas jedna gospođa – reče poslužitelj činovnici.

Ona izađe u hodnik i spazi majku one devojčice.

Gospođa joj pritrča:

– Oh, gospođice, pa gde ste, zaboga, zašto nikako niste došli? Jednom sam vas tražila kod kuće, ali vas nisam našla, pa sam rešila da vas potražim u kancelariji. Zar ste mi vi dete spasli, pa da vas tako zaboravim. Došla sam da vas pozovem da dođete posle podne kod mene na čaj. Učinićete mi veliko zadovoljstvo. Ja sam pričala i mom mužu o vama, i on bi želeo da vam se zahvali.

Gospođa je bila tako simpatična, tako iskreno je zvala činovnicu, da ona obeća da će doći posle podne, kad izađe iz kancelarije.

Dočekali su je tako ljubazno. To je bila gospodska kuća, vrlo elegantna, gospodin neki činovnik na visokom položaju. Došla je i mala, poljubila gospođicu. Razgovarali su s njom vrlo prijateljski, raspitivali su se koga ona ima, i kako joj je u kancelariji. Ona je pričala o svom životu, kući, usamljenosti, kancelariji i najednom je zaćutala, i onaj bol, koji je večito tištao, razlio se po njenom licu, zamaglio njene oči.

– Što ste tako tužni, gospođice? – Pitala je gospođa saosećajno.

– Tužna sam jer nije lak život činovnice. Sama profesija nije teška, naviknete se na sve, ali ta redukcija koja nam uvek preti.

– Pa da nećete vi biti reducirani?

– Kako sam čula, biću reducirana.

Činovnica se zagleda preda se, i samo jedna suza skliznu joj niz obraz. Savlada se, uguši svoj bol, htela je da bude otmena u tom bolu, nasmeja se.

– Pa ništa, nek me reduciraju.

– A imate li koga, gospođice? – pitala je dama saosećajno.

– Nemam nikoga.

Gospođa se ražalosti, zagrli je, tešila je.

– A, vi nećete biti reducirani. Moj muž ima veze, on će se zauzeti za vas. Ja verujem da ste vi vredna činovnica i da zaslužujete da vas ne reduciraju. Vi nemate nikoga, nemate protekciju.

– Nemam – prošaputa činovnica.

I taj nežan ton je rastuži, sve ono ugušivano u njoj sad zatreperi, ona zajeca na ramenu gospođe, koja ju je gladila po kosi, kao svoju sestru.

Rastali su se tako srdačno, i mlada činovnica je otišla tako srećna, nije više osećala onu samoću, činilo joj se da je našla zaštite u tim ljudima, koji su u svojoj otmenosti imali tako plemenito srce.

Kad je došao onaj zlokobni prvi, svi su očekivali formalnu reč: redukcija.

Šef uđe na odeljenje mladih činovnica i veselo im reče:

– Vi ste dobre radnice i ostajete sve četiri.

Ah, posle tih reči kako su zaigrale dirke na mašinama, kako su se nasmešile oči, kako je bila mila ta kancelarija, taj sto, svi šefovi... Mladost se prenula iz mrtvila, iz te teške agonije. Puder, ruž, opet je zablistao na obrazima, izletele su radosno iz kancelarije, a plata, ta činovnička, mala, s kojom se jedva sastavljao kraj s krajem, bila je čitav kapital. Mala činovnica je gledala sve zaljubljeno, čula je sva dobacivanja, videla tople poglede onog mladića u restoranu i sanjala o operi i njenim ljubimcima.

Odjurila je da se zahvali onoj dobroj dami. Zagrlila ju je i poljubila.

– Vi ste me spasli.

– Ne, gospođice, moram vam reći, nije vas moj muž spasao, nego vaš rad i vrednoća. Jeste da je moj muž razgovarao s vašim šefom, i on mu je priznao da je bilo reči da se vi reducirate, ali on vas nije dao jer ste vi vrlo vredna činovnica.

– Onda sam još srećnija ako me je moj rad spasao.

– Ali, vi ćete meni dopustiti, gospođice, da vam učinim jedan mali poklon.

– Ne, ne, ništa neću, ja sam najsrećnija što nisam reducirana.

– Vi me nećete odbiti ako vam nešto pošaljem.

I zaista, služavka donese jedan paket.

Činovnica otvori.

Tu je bio štof za kostim, s celim priborom, i svila za haljinu.

Ona nije mogla da veruje očima. Kolika najednom sreća u njenom životu, posle onog velikog iskušenja...

Ali šta će moje koleginice pomisliti? Otkud mi ovakav štof? Ah, znam šta ću reći: dobila sam na lozu i odenula sam se.

Sutradan, u običajeno deset do šest, probudi se mala činovnica. Ah, posle tolikog vremena ona misli da više nema onog tereta na grudima koji ju je svako jutro davio kao vampir.

Skoči, razleti se po kući, vatra se razbukta, njene oči se nasmeše. Tamo preko stolice namestila je svilu i štof, gleda sva ushićena, dok okreće brzo vodenicu za kafu i pevuši tužnu ariju, ali nasmejanih očiju: „Jadno srce ostavljeno."

I posle tolikih teških časova, ona oseti lepotu svoje kućice, povrati radost mladosti, i donese tada jedan zaključak: *Gledaću na svaki način da se udam jer drugu redukciju ne želim neudata da dočekam.*

I kroz ritam čarlstona letela je po kući, nikad srećnija, da su sve dame sa spratova mogle da joj pozavide jer one koje žive u izobilju ne znaju za onu veliku radost u životu činovnica kad je otklonjena najveća opasnost što se zove redukcija.

Prvi sneg

Još uveče sneg je počeo da pada, najpre sitan kao rastresiti maslačak, pa krupniji kao listići od višnje, i sve veći i veći... Sad se leluja, juri jedna pahuljica drugu, i strmoglavice se slaže po bašti, po velikim hrizantemama, koje su već izdahnule, po granama oraha i ogradi... Deca gledaju radosno kroz prozor. I kad su sutradan ustala, nigde se gola grančica nije videla, već kao na njinim zimskim sličicama, gde su uvek jele pod povesmom snega, a jedan patuljak bele brade nosi na leđima fišek pun poklona.

I sve se izmenilo u bašti. Napravile se kupe, kućice, kolibice, brežuljci. Oh, kako se mi radujemo, moj brat, ja i sestrica. Pustiće nas da trčimo po polju, a mi gazimo po snegu, pa brat ide napred a mi ulazimo u njegove stope, sve dublje i dublje, i pravimo kao neke čizmice u snegu.

Njanja nam je vezala kapuljače, navukla pletene rukavice, i pustila nas da idemo, ali ne dugo, da ne nazebemo. A nama nije ništa zima, kao ni našem mačku Kiki, tako velikom kao tigar, sa zelenim i šarenim očima kao kliker staklenac, koji skače po bašti, pentra se po drveću, i stresa sneg sa grana, pa opet poleti nama i začikuje nas.

Mama plete kraj prozora i smeši se na nas. Mi vidimo njeno lepo, umiljato i blago lice kroz saksije cveća, koje sa svojih stepenica u sobi izviruju iz snega i žalosno gledaju one sirote hrizanteme.

Kika je sad izleteo na sokak, a mi s njim. A na sokaku puno dece. Grudvaju se, i grudve pršte kao šećer i posipaju lice, uši i vrat.

Moja sestrica Zoka izletela je prva, i prva se grudva. Što je ona nestašna, pravi otkačenjak. Bȉla se sa svim muškarcima, iako još nije pošla u prvi razred, i svi je se boje. Zovne tek Luku: „Hodi da ti nešto kažem...", on prilazi, a ona mu baca prašinu u oči i izbije ga i izgrebe. Zato što je Luka izbio našeg brata.

U sokaku je već više nema, zavila u drugi i grudva se, baca svima sneg u oči. Brat otrča za njom. Meni se pertla razvezala i ušao sneg, pa vezujem... A gle, onaj oficir ide odozdo. Onaj što ima žute brkove. On svaki dan prolazi pored naše kuće.

Sad otvori prozor na našoj kući i pojavi se moja sestra. Oni pričaju i smeju se, a ja prilazim. Oficir me pomilova po licu, i ode, a mene zove moja sestra i šapuće mi: „Evo ti marjaš, ali ne smeš mami da kažeš da sam razgovarala s oficirom."

Neću da kažem, kako bih kazala kad imam marjaš. I sva srećna odjurim s marjašem stegnutim u šaku.

A oni su svi u šljivaru. Tu je čitava bitka. Zoka se već nekoliko puta slikala u snegu. Nosić joj je crven, a ispod kapuljače vire dva okrugla crna oka kao slatko od oraščića. Sad pravimo Sneška od snega i svi valjamo sneg. Metnuli smo mu u usta jedno drvo kao cigaru. I skačemo oko njega radosni. „Alvadžija!", viknu Zoka. Ona tako voli alvu, a ja imam marjaš i našli smo još tri marjaša i tri propisa. Za stare propise uvek dobijamo od čika-Stavre alvu. Prsti su nam već promrzli i jedva držimo alvu. Metnuli smo na dlan, pa ližemo. A cipele mokre, raskvasile se i čisto nabubrele kao kore od hleba u vodi. „'Oću kući", poče da plače Zoka jer su joj ruke promrzle, i svi pođosmo.

Već se smrkava, a mi se tek tada setismo mame i potrčasmo. A na kapiji čeka nas stara naša njanja. Mi se svi uplašismo jer znamo da nas ona tako sačekuje kad treba da nas spase od mame, koja je ljuta što smo odskitali.

„Ubiće vas mama", ljuti se blago i nežno njanja. „Gde ste dosad...? Kako ste se napeli od zime."

I ona ide napred, a mi se kao pilići krijemo iza njene suknje. Kika čeka pred vratima, prozebao kao i mi, i vreči kao jare.

„I ti si lunjao...", grdi ga njanja, ali i njega voli. Mi plašljivo ulazimo u sobu, a mame nema tu, i njanja žuri da nam skine mokre cipele i oblači nam suve čarape...

„Sad sedite tu pokraj peći, pa se ne mičite jer je mama ljuta..."

I ona ode da umilostivi mamu.

Oh, kako je slatko pokraj peći. Svi sedimo na ćilimu, a svetlost kroz vratanca osvetljava sobu. Kika se sav prilepio uz banak, i tako je miran kao da se nije maločas verao po orahu. Na minderluku u uglu sedi moja velika sestra i ćuti... samo ćuti. Ne grdi nas što smo skitali. Kako je ona lepa. Ja je zovem Vila, i tako zamišljam vile u pričama. Mora biti da je i ona danas nazebla, kad je stajala na prozoru. Ona često razgovara s onim oficirom. Ja uvek šetam s njom trotoarom oko crkve, i on nam uvek priđe. Meni kupuje čokolade. Ali zašto njega mama ne voli? On je tako dobar, ja ga volim. I njegovi brkovi su žuti, a tatin žandar Milenko ima brkove crne kao dve štringle od vunice... Što je strašan taj

Milenko kad se naljuti, i liči na našeg psa Arapina, tako isto kezi zube, i drhte mu brkovi kao Kiki kad ne može da uhvati vrapca.

Jedne večeri je jurio jednog čoveka po bašti i pucao iz pištolja... Kako smo se uplašili te večeri. Jedan čovek došao je da zahvati vodu na bunaru, pa kad je zahvatio, nije izišao na kapiju, već je otišao da se sakrije u šupu... A Milenko onda izleti, a taj čovek pobegne kroz baštu i preskoči plot. Mama je bila mnogo uplašena, i šaputali su u kući kako neko hoće tatu da ubije i preti mu.

A zašto tatu da ubije, on je tako dobar, ah, koliko je tata dobar i kako nas voli i mazi. I mama nas mazi, ali nje se bojimo, a tate se nimalo ne bojimo. I sad ga uveče uvek prati taj Milenko, kad dolazi kući.

Više nije zima, Zokino lice je crveno kao žar, kosica joj kao jagnjeća šubara, a Kika je već počeo da se smudi i diže se s banka da se opruži na pod.

„Sutra će da mi budu gotove sanke, pa ću da vas vozim", kaže moj brat.

„Ja ću prvo da se vozim", kaže Zoka. Sve njoj prvo mora da se dâ jer udari u dreku.

„Sutra će mama da ide da nam kupi kaljače", govorim ja. Ah, što ja volim kaljače, pa sjajne, pa mirišu na gumu...

„Ja ću da uzmem tvoj propis za alvu", govori Zoka.

„Ja ću da te tužim kod mame. Ne smeš da mi diraš."

I mislim gde sutra da sakrijem propis jer ona svuda pronađe. *Pod mamin dušek... tu neće naći.*

U sobi je tamno, samo se crveni žar u peći, a kroz prozor se bele grane od oraha.

Najedanput nešto zamiriše, tako prijatno, i taj miris uđe nam u nos, pa se spusti u grlo.

„Kolači!", prošaputa Zoka i očice joj se nasmejaše.

Kika se uzdiže, proteže, diže glavu uvis i poče da miriše.

„Kolači!", progovori moj brat.

A vrata se otvoriše i na svetlosti iz druge sobe ukaza se mama s tanjirom, a na tanjiru mafiši. Zoka skoči, Kiki polete i jauknu. I dok peć puckara, mi vruskamo kolače, i čuje se kako Kika krcka mafiš i prede.

Svi smo oko mame na minderluku. Sad će ona da nam priča priče. Kako ona ume da izmišlja, svake večeri nova priča.

I lampu onda ne upali, nego sedimo u sumraku. Njanja donese njen tronožac pa sedi pokraj peći, a kad se upali lampa, ona plete čarape s kukljicem. Mora prvo brata da pomiluje i sve ga zove „Srećice moja“. Peva nam i ona i priča.

Mama počinje onu strašnu priču koju mnogo volimo. Toliko puta nam ju je ponovila. A to je ona slušala od svog dede, a njemu je pričao njegov deda.

Mog dede deda se iz varoši vraćao na konju. Išao je sa svojim bratom da kupe za Božić za kuću. Bila je zima, mraz stegao pa pucaju i drvo i kamen. Noć ih uhvatila na drumu. Ali konji besni pa samo leže. Dok tek čuše pozadi neki topot. Okretoše se oni, kad jedna žena juri na konju u bundi, ošinu konja i prolete između njih. „Ala je ovo neka besna popadija“, uzviknuše oni. A ona odjuri ispred njih.

Obodoše i oni konje, kad malo posle opet čuše isti topot, i ugledaše istu ženu. „Mora biti pogrešila put“, reče jedan. A ona opet jurnu između njih. „E, da ja znadoh, uhvatio bi tebe“, uzviknu deda. A popadija odjuri. I treći put opet se ču isti topot. Oni se sada uplašiše. „Kakvo je ovo čudo?“ „Slušaj“, reče jedan, „pribi ti tvog konja uz mog, pa kad naiđe između nas, ti dočepaj za uzde njenog konja, a ja ću da je ošinem bičem...“ I opet ona polete da ih razdvoji, a jedan ščepa uzde, drugi je ošinu, ali ona samo skiknu, a kad je on steže za ruku, ruka mu upade kao u neku vunu. Njen se konj prope, otrže ona uzde i pobeže. „Ovo je nečastivi“, uzviknuše oni, dršćući od straha. I besno pojuriše da se negde sklone. Tu noć su proveli u jednoj trli, i cele noći čuli su taj topot. Te iste noći jednoga uhvati groznica i posle nedelju dana umre, a drugi brat jedva ostade živ. I to je smrt bila, što je između njih prošla...“

U peći se sruši jedan panj, prsnuše varnice kao raketa, i mi svi zadrhtasmo od užasa. Nešto zasija u pomrčini... i skoči na krevet. To blesnuše Kikine oči, a njegov pogled nas prestravi. A napolju se čuše teški koraci. Mi se svi šćućurismo uz mamu. Jedna visoka prilika, a za njom druga još veća, ocrtaše se na prozoru.

„Tata!“, uzviknu Zoka. Vila upali lampu. Njanja otključa vrata, a tata se pojavi sav pod snegom, veseo i nasmejan.

Svi mu pipamo džepove jer tu uvek ima nešto za nas.

„Urme!“, viknu Zoka. Ali niko ne sme da dirne dok ona ne odvoji za sebe, one najlepše. Posle ja, pa tek onda brat.

Kuća je puna smeha. Tata nas ljulja na nogama, nosi na ramenu. U kujni se raspričao Milenko s Njanjom. Vila postavlja sto, zveckaju viljuške i tanjiri. A mama iznosi mafiše, naslagane kao iverke, i slatku vodnjaku od krušaka za nas decu.

A na prozoru se hvataju šare, i peć neprestano peva svoju pesmu. Nama se oči sklapaju i nose nas u postelju. Mama se naginje nad postelje i pevuši slatkim, lepim glasom, najlepšim glasom moga detinjstva: „Još zorica ne zabjelila, ni Danica lica pomolila...“

A oči sklapa sladak san divnog nezaboravnog detinjstva.

Kuća broj 21

Ona se budi vrlo rano, s dolaskom prvog mlekadžije, koji zaustavlja svoje dokolice pred kapijom još u pola pet. I na njegovu lupnjavu odmah odgovara gunđanje Lenke, posvojčeta iz partera: „Šta si povilenio sabajle!" jer ona mora kapiju da otključava, a ona je još sanjiva, iako je šumadijsko seljače, naviklo da rani zorom.

Ali u Beogradu je ona zaboravila tu naviku, isto onako kao što je odsekla kosu, šije haljine po bazarima, i pomišlja na plažu jer je kostim već kupila. Posle te prve lupnjave, nastaje opet tišina do pola šest, kada se razdere u hodniku piljarica: „Gospoje, hoćete li jaja?", i to strašno ljuti brata gospa Ruže, koga piljarica uvek probudi iz najslađeg sna. Sad počinje cela kuća da se budi. Čuje se lupanje šparherda, fiksovanje cipela, točenje vode na česmama, negde prevri kafa, ili zamiriše pokipelo mleko.

U celoj kući nema nikoga ko bi spavao do jedanaest sati. Svi su patrijarhalni, s navikama donesenim iz unutrašnjosti, i cela kuća – unutrašnjost doseljena u Beograd. Kroz jutarnju tišinu, najedared razlegne se sladak dečji glasić:

„Uva!"

To je signal da nastaje život u kući jer se probudio na drugom spratu ljubimac i atrakcija cele te trospratne zgrade – mali Iva.

„Uva... jaja... papa."

To je njegov jezik, i tu je potreban rečnik, da biste razumeli.

„Uva" je Ljubica, bona njihova, a „papa" znači da on hoće da ide s njom u šetnju do pijace. Ali on neće da ide dok ne doručkuje jer je odmah gladan, zato traži prvo jaja, koja mnogo voli. Po terasi se čuje njegovo trčkaranje, i reči kao cvrkut tičice. Ali sve vreme trči za „Uvom" da mu ne bi pobegla i otišla bez njega na pijac.

Tek mu je dvadeset meseci, a on već zna šta su trešnje, šta jagode, obigrava oko mame i tete dok se kuva slatko, ljuti se, ima već svoju volju, i kad on samo kaže „Ne... ne...", to znači da ga ne možete vi na nešto da naterate, kad on neće. Jer on je već mali muškarac, i hoće da se njemu pokori teta. Ali teta ne popušta u svojoj pedagogiji.

Sa svih spratova odlaze na pijac. Iz partera dve simpatične mlade studentkinje, koje uvek odmenjuju svoju mamu i idu na pijac jer mama svako jutro rano ustaje i sprema ručak, pa bi za nju bila zamorna i ta šetnja.

Sad nastaje čišćenje, istresanje, kuvanje. Razvlače se pite, mute torte, sve kao u unutrašnjosti u gazdinskim kućama.

Dok neko živi u unutrašnjosti, on zamišlja da li oni imaju šta da jedu u Beogradu, i kako li se hrane. A Beograd se najbolje hrani, sve prvo dobije, i prvoklasno.

S drugog sprata gospa Stanka naređuje devojci: „Kupićeš jagnje, ili kupi prase, ili dva para pilića, graška, jagode, trešnje, krompir, pedeset komada jaja, ne zaboravi četvrt kile oraha..."

I dok se kuva i mesi nastaju one jutarnje posete, kratke ali prijatne, kad ručak može sâm da se krčka, ali ta kafa i slatko, i još „taze" slatko, tako su prijatni izjutra.

Gospa Dara ide gospa Stanki na kafu, gospa Klara gospa Jeli, posle gospođa Zora gospa Dari, gospojica Dušica gospa Klari itd.

Nose se čak i lončići puni kafe sa sprata u parter, ili obratno, i tako je topao intimni život – prava unutrašnjost.

Tri deteta u celoj kući: Iva, Toša i Žak... Iva cvrkuće, Toša, mali Rus, ceo dan igra balet, a mali Žak (kućevlasnik) duboko je bio zamišljen u poslednje vreme jer se bližio kraj godine, a on je gimnazista. Posle Vidovdana samo peva jer je prošao.

Uveče se svi razgaljuju muzikom. Betoven i sevdalinke, i džez bend, samo bruje i trešte. Sakupe se u dvorištu i slušaju koncert. Tu su studentkinje, pokatkad, melanholične jer bi želele da izađu malo i provedu se, a nemaju s kim, a patrijarhalno su vaspitane. Tu je njihova mama, starinska žena, ali tako lepo priča o literaturi i što god pročita ona analizira i razmišlja...

Gospa Jela je još sačuvala tragove nekadašnje lepote, kad je živela u bogatstvu u roditeljskom domu. A sad je usamljena u svom stanu, ali razgovorna i zanimljiva. S njima je gospa Kaja, mlada, lepa ženica, divnih očiju i mlečna tena, koja najviše voli da čita članke gde se napadaju ljubomorni muževi.

Na drugom spratu, kroz osvetljeni prozor pomoli se glava male gospa Ruže, koja se vratila iz šetnje, uvek zaljubljena u svog muža i on u nju, ili glava nekog brata koji je te večeri došao ranije kući da legne jer je prošle noći duže sedeo, pa sad misli kad će ovi u dvorištu da prestanu s gramofonom.

S kirajdžijama je uvek i kućevlasnica, gospa Klara. „Najbolja gazdarica u Beogradu", kako je hvale svi kirajdžije, a ona opet hvali da su njene kirajdžije najbolje. Kako je ne bi hvalili, opravlja stanove, kupatila, odrekla se letos mora da bi ih zadovoljila i udesila im lepo stanove. I dok se neke kirajdžije žale na gazde: „Neće da čuje da opravi nešto... u kupatilima premrzle cevi, a on nama: 'Ako vam treba da se kupate, a vi opravljajte sami, ja sam vam dao ispravno. Nisam kriv što je bio mraz...'"

Kao da su kirajdžije krive što su od mraza cevi poprskale. A gospa Klara, ta najbolja gazdarica u Beogradu, sve opravlja što je mraz pokvario. Zato je takva harmonija i ljubav u kući.

Jutro u kući počinje pesmom. Peva posvojče Lenče, Šumadinče, čarlston, a završava se klavirom i gramofonom...

Ali čuje se naposletku i plač. I kroz plač reči: „papa, papa". To mali Iva plače, neće da ide da spava, hoće još da se šeta i da sluša muziku na Slaviji.

I čudi se njegova mama: „Ne znam na koga se odmetnulo ovo dete samo voli šetnju, a ja nigde ne idem."

Posle se priseća: *na tatu se odmetnuo, tata mu voli kafanu, i ujna i stričevi...*

I s jecajem Iva zaspa.

U kući se sve stišava. Još „Uva" posluje po kujni. Lenče zatvara kapiju, gospojica Dušica i Bukica stoje na prozoru, udišu čist vazduh. I svi ti ženski glasovi utišavaju se postepeno jer se preko celog dana samo ženski razgovori čuju, a muškarac se nijedan živ ne čuje, kao da nijednog nema u kući.

I kad sve žene zaspe, i već uveliko odspavaju jedan sat, i ponoć prevali, začuje se čangrljanje ključa u kapiji, i tek tada, jedan po jedan, kao vampiri, dolaze – muškarci.

Brat gospojice Zore... brat gospa Ruže... muž gospa Stanke, i najdocnije kirajdžija – glumac.

Gospođa hoće da se farba

Gospodin Dragomir, ili kako mu je žena tepala: Drakče, otvori šifonjer da uzme jednu džepnu maramicu. To je bila njegova navika još iz momačkog doba, da sam bira marame, svoje rublje, mašne, i time olakša posao ženi. Tako je i ovoga puta, uze jednu maramicu, razvi je i najedared iz nje ispade jedan plavi koverat. On se saže, uze ga, otvori i zastade iznenađen.

U koverti su stajali razni pramenovi plave kose, u svim nijansama, od crvenkaste kao plamen, do bledožute, kao vosak. On je s čuđenjem vadio jedan po jedan pramen i zagledao ga, ne znajući čija je to kosa, kad se pojavi njegova žena Zora.

– Gle, otkuda ti to da nađeš!

– Šta je ovo? Čija je to kosa?

– Daj mi, molim te – uzviknu ona i istrže mu koverat. – To su mustre od kose. Uzela sam od frizera, da probam prema licu, da vidim koja mi najlepše stoji, da i ja malo ofarbam kosu.

Muž razrogači oči.

– Ti da farbaš kosu? Ti?

– Ja, ko drugi? Šta se toliko iščuđavaš?! Pa sve žene farbaju kosu.

– A misliš li ti da bih ja tebi dozvolio da farbaš kosu?

– Zašto da mi ne dozvoliš? Zar još od toga da praviš pitanje, da li ću ja biti plava ili crnomanjasta.

Muž planu: – Ne samo što ću pitanje da pravim, nego ću čudo da napravim ako se samo usudiš da se ofarbaš.

– Slušaj šta govori! Čudo da napravi. Kakvo čudo?

– Ošišaću te do glave kao ovcu, pa nećeš izaći u svet.

– Ti se to samo šališ. A ja još donela mustre zajedno da biramo.

– Bože, što je pamet ženska! Donela mustre da biramo farbu za kosu, kao kad malamo sobe. Trebao sam još i ja da ti kažem: „Donesi, ženo, mustre da vidimo kako ćemo da se ofarbamo, pa ja ću riđe, a ti žuto..." E to nisam znao, da ima i mustre za kosu. Znam mustre od štofa, ali mustre od kose, to sam danas prvi put čuo. Nego, reci ti, ženo, zašto ti hoćeš da se farbaš?!

– Prosto zato da malo promenim boju. Dosta sam bila crnomanjasta, sad hoću da budem plava.

– Slušaj, molim te, da promeni žena boju! Kad bih ja bio budala da to verujem. Čim žena hoće da se farba, to je nešto drugo i kad to čini protiv volje muževljeve. Šta ti imaš da se farbaš kad sam ja zadovoljan tvojom crnomanjastom bojom. Imaš crne oči, crne obrve, crnu kosu, to tako pasuje jedno s drugim.

– Varaš se. Plava kosa bi još bolje pasovala uz moju kožu i lice jer je moja boja kože kao u plavuše. Ja bih bila toliko interesantna.

– A za koga ti to hoćeš da budeš interesantna?

– Za tebe i za mene.

– Zbog mene ne moraš da menjaš boju.

– A ja mislim da bi baš zbog tebe trebalo da promenim boju, i to bih rekla svakoj udatoj ženi.

– Baš bi im lep savet dala. Zašto zbog mene?

– Jer sam opazila da ti u poslednje vreme samo kibicuješ plavuše.

– Ja da kibicujem plavuše? Gde si ti to videla?!

– Svuda. Ako idemo ulicom, odmah se upiljiš u plavu žensku, ako smo u kafani, gledaš neku plavušu; u pozorištu dvogled odmah upravljaš na njih. Čak ti se i na filmu dopadaju samo plave glumice i u pozorištu opet plave glumice.

– To tvoja mašta izmišlja.

– Nije moja mašta, nego sasvim je prirodno. Stalno gledaš pored sebe crnomanjastu ženu, pa hoćeš malo boju da promeniš. Da bar hoćeš da uživaš u plavoći svoje žene... Vidi, vidi, molim te, kako mi ova zlatna kosa lepo stoji. Ja mislim ovako da se ofarbam.

– Slušaj – govorio je on sa uzdržanim gnevom, dok mu nozdrve drhte i šire se – ako se ti usudiš da to učiniš, više nećeš biti moja žena. Dok sam ja živ, ti se nećeš smeti ofarbati. Meni je antipatična svaka ofarbana žena. To je neozbiljno, čak i nepristojno i nepošteno. Svaka takva ženska mi je sumnjiva. I ti hoćeš da izgubim sve ono lepo mišljenje koje imam o tebi. Htela si da masiraš lice, dobro, to sam ti dozvolio; kupuješ toalete kakve ti je volja, i to ti dopuštam. Ali da se farbaš, to ne smeš ni da pomisliš!

– Pa zašto si takav... Vidi samo ovu kosu – govorila je ona čisto plačnim glasom.

On priđe, istrže joj one pramenove i baci na pod.

– To više da ti nisam video! I te bube o farbanju da izbiješ iz glave...

Njegov gnev je bivao sve veći, i ona ga je vrlo dobro poznavala. Znala je da mu je žao i da mu ne treba protivurečiti već popustiti, i ona progovori mirno kao da se pomirila s tim.

– Pa dobro, nemoj da vičeš toliko, neću se farbati kada ti ne daš. Donela sam ti mustre, ali kad ti ne dozvoljavaš... ništa nije ni bilo.

Saže se da pokupi one pramenove a u sebi pomisli: *E, ofarbaću se, ma ću te naterati da mi još ti kažeš: Idi, ženo, i farbaj se!*

Gospođa Zora je bila vrlo pametna žena. Ona je imala svoju taktiku u braku. Ništa nije htela silom i dopuštala je da uvek izgleda kako se ona pokorava mužu i kako je njegova reč starija. U stvari, on se pokoravao njoj i ne pitajući jer ona nije htela ni u onim trenucima kad dobije pobedu da mu to spominje, da ga tada čika, već se zadovoljavala da se njena želja ispuni i da opstane, ipak, nepovređena njegova muška sujeta.

Bila je lepa crnka s mlečnim tenom. Ona je volela svog muža, dobro ga je čuvala, umela da se ulepšava za njega, da mu ugađa, da čuva svoju lepotu u ovom vremenu bračnih kriza i otmice muževa. Nije dopuštala da se bore nižu na njenom licu, već ih je na vreme otklanjala, da bi očuvala lepotu i posle tridesete godine. I ta njena želja za plavom kosom nije bila iz koketerije da se dopadne drugome, već da sačuva svog muža od tih mnogobrojnih plavuša na koje je on rado bacao pogled. Ali polako, sve će ona uspeti. Zato je odmah prešla preko te scene kao da ništa nije bilo.

– Hajde, Drakče, da večeramo. Da znaš što su se pihtije lepo stegle. Teleće, pa samo drhte.

Gnev se u njemu već utišao. I on je voleo što ona sve tako popusti, i onda ni on nije držao mušku tvrdoglavost. Za stolom su prijatno razgovarali, on je pričao o događajima u kancelariji, razmeštajima, novom pomoćniku ministra, reče da sutra ide u pozorište *Luksor*, izvadiće karte...

Ona se tek seti.

– Znaš li, Drakče, koliko nam je došla elektrika? Sto devedeset pet dinara za mesec dana. Sekirala sam se, pa mi je došlo onaj ček da pocepam.

– Kako tolika elektrika, pobogu?

– Ne znam. Prosto ne mogu da budem pametna. Ti znaš koliko ja štedim elektriku, kada sam sama, jedna sijalica gori, još i tebe grdim kad zaboraviš da ugasiš. Toliko sam štedela ovog meseca, mislila sam neće biti više od sedamdeset dinara. Kad ono sto devedeset pet dinara. To je neki kajšarluk. Ili kajšare oni što mere struju, ili nam je kriva gazdarica. Treba da tražimo od centrale komisiju da dođe da pregleda strujomer.

– Oni će doći, pogledati i reći: „Sve je ispravno." Sa opštinom ne možeš na kraj da izađeš.

Gospođa Zora uzdahnu.

– Mnogo, to je mnogo! A što ne jedeš ti te pihtije? Ali nemoj, imam još nešto što ti voliš.

– Šta to?

– Palačinke u mleku.

– Pa kad si ti to umesila?

– Danas posle podne. Sedim, nisam imala posla, nestalo mi vunice za džemper, a mene je mrzelo da idem, digla se ova vetruština, i tako sam se setila jer znam da ti to voliš.

– Ti si moja dobra ženica. Zato te grdim, što ti hoćeš da budeš kao druge žene, a ja to neću, ja te volim takvu kakva si.

– A kakva sam ja ono?

– Eh, sad ti hoćeš da te hvalim u oči...

– Zašto da me ne hvališ, treba i ja da čujem.

– Znaš ti dobro šta ja mislim o tebi. Ne veruješ to što govorim?

Govorila je napućeno, detinjasto, a on je uhvati za njen obli podvaljak.

– Hoćeš kafu?

– Ako imaš gotovu.

– Kupila sam juče. Da vidiš što je lepa ova kafa. Ima takvu divnu aromu.

– Uh, baš sam se najeo palačinki. Ne treba uveče ovako mnogo da jedem.

– Posedećemo malo, pa će da ti se slegne. A zaboravila sam da ti kažem. Ispeglala sam ti teget odelo i iščetkala. Uzela sam koren od sapuna, pa kao novo. Dva sata sam se majala s tim odelom, lepše sam ti udesila nego da je išlo na hemijsko čišćenje.

– E, to si baš dobro uradila. Već mi je dosadilo ovo grao. Malo da promenim.

– Posle ću i ono grao da ti očistim, pa da menjaš. Vidiš kako ti voliš da menjaš boje. A meni ne daš.

– Drugo je to menjati boju odela, i ja tebi to ne branim, a drugo boju kose... Ja, uopšte ne mogu tebe da zamislim kao plavušu.

– A, bogami, ne možeš ti zamisliti koliko sam ja lepša. Ali o tome više neću da govorim. Nego, hoćeš li ti meni da platiš za odelo što sam ti ispeglala.

– Kako da platim? Pa ja mislim da ti to džabe radiš.

– Pa ja radim džabe, ali onako, bakšiš jedan da mi daš – govorila je mazeći se, kao sve žene kada hoće da iskamče novac od muževa. – Daj mi, bolan, dva'est dinara, samo dva'est. To je baš tako malo. Ti si dobar, ti si moj najbolji mužić. Kako ja tebe volim, pa te udešavam. Samo dva'est.

– Znaj, prava si žena.

– Pa zato me ti i voliš, što sam prava žena.

Ona mu je prišla, zagrlila ga je, zavlačila mu ruke u onaj džep gde stoji sitnina.

– Evo, baš dvadeset dinara. Da uzmem?

– Hajde uzmi.

Ona ga zagrli, pritisnu svoj obraz uz njegov.

On pruži ruku, obgrli joj bedra, steže ih, oseti njene oble mišiće, čvrste i vitke kao u devojke.

Posle dobre večere osećao je zadovoljstvo, bilo mu je prijatno, toplo, a ova ženica lepa, strasna, s čvrstim grudima koje su se ocrtavale ispod njene lake domaće haljine. On je steže još jače u zagrljaj, a ona mu je toplim usnama klizila po licu i uzrujavala ga sve više.

Još su sedeli u sobi. Peć je puckarala, on je čitao novine, a ona je leškarila na divanu. Ona ustade, priđe mu, zagrli ga. Još su bili zaljubljeni par, i ona je umela da podgreva tu ljubav, ne dopuštajući nikad da se rashladi. Zagrlila ga je stojeći pozadi njega i spustila mu glavu na rame. U ogledalu od šifonjera, videle su se njihove dve glave priljubljene jedna uz drugu.

On spusti novine. Bio je vrlo zadovoljan, kao svaki muž koji ima sva zadovoljstva u kući i u braku.

– Ko je lepši? – pitala je ona, gledajući njihove dve glave u ogledalu.

– Ti si lepša.

– I ti si lep. A zamisli da sam ja plava. Ti crnomanjast, a ja plava. Kao Otelo i Dezdemona.

– Opet ti o tvojoj plavoći.

Sad već nije imao onaj gnevni ton. Ona se nasmeja.

– Donela žena mustre za kosu. Ti nisi znao da postoje i mustre od kose.

– Otkud ja da znam.

– Nisam ni ja znala. A moj frizer mi donese: „Evo, gospođo, pa probajte kod kuće." Molim te, da vidiš one kose. Hoću da metnem tebi uz lice, da vidiš kakav bi izgledao da si plav.

– Ti si pravo derište.

– Čekaj, molim te. Prvo ovu zlatnu.

– To je riđe. Zar bi ti volela riđeg muža?

– Uh, nikad.

– Ni ja isto tako riđu ženu.

– E pa, priznaćeš da su riđe žene lepše od riđeg muškarca. Da metnem ja uz moje lice.

On je gledao, zažmuri.

– Ne stoji ti lepo. Tvoj tip je lep kao crnka.

– Dobro, a ova plava. Taj tebi da metnem. Vidiš, bio bi lepši kao plav. Bogami, lep.

– Šta, a ti voliš plave muškarce?

– Bože sačuvaj, samo crnomanjaste, kao što si ti, pa tako crna grgurava kosa, kao tvoja. Uh, slatka moja kosice.

Ona mu zavuče prste kroz kosu, privuče njegovu glavu na svoje grudi, poljubi mu kosu, oči, obraze, usne i poče opet da ga uzrujava. I on opet steže rukom njena bedra.

Ona se otrže.

– A da vidiš kako meni stoji ova plava.

– To je ipak malo bolje nego ona riđa kosa, ali najlepša je tvoja crna.

On je opet zagrli, opet steže u naručje i ona mu sede na krilo.

– Ti me ne voliš. Maločas si kazao da ja ne bih bila tvoja žena da ofarbam kosu. Jel' to istina?

Zagrli ga strasno i prošaputa:

– Lažeš, voliš ti mene. Ti ne bi mogao da živiš bez tvoje ženice, jelda ne bi mogao? Ko bi tebi ovako ugađao kao ja? Vidi kako sam presvukla krevete, pa sve čisto, belo, ta tvoja pidžama, pogledaj, izmenila sam manžetne i jaknu. Plava boja kao nebo. To će tebi lepo da stoji. Voliš li me? Voliš?

– Koliko ću puta to da ti ponavljam.

– Svakog dana. Uh, meni se spava. – Ona se izvi, proteže, previ preko njegovih kolena, penjoar joj se otvori na grudima i ukazaše se dve divne bele dojke kroz prozračni kombinezon od roze šarmeza.

San se polako spuštao na njene oči, i u poslednjem trenutku, već kad je htela da zaspi, opet joj prostruji ona ista misao.

E, ofarbaću se, mužiću, pa ću još tebe naterati da mi kažeš: Idi, ženo, i farbaj se.

Prijateljica gospođe Zore, oksidisana blondinka Živka, pričala je kako je ona uspela da dobije od muža punomoćje za farbanje.

– Nije to bilo lako, draga moja, ali ja oko njega, umiljavaj se, dokazuj mu, dok on nije posustao. A šta mi je najviše pomoglo, znaš li šta? Počela sam da mu masiram lice.

– Njemu?

– Dabogme. I tako ti on prista na to. Probaj samo.

– Baš ću da pokušam.

Te iste večeri, gospođa Zora se nešto zagledala u muža.

– Šta me tako gledaš?

– Gledam te tvoje bore oko očiju. Znaš li ti da bi tebi sve to masaža otklonila. Što čekaš da ti se oko očiju naprave lepeze?!

– Neka se prave. Nismo mi muškarci kao vi žene. Mi još volimo bore. To je izraz intelektualnog rada i mišljenja.

– Možeš ti biti intelektualac koliko hoćeš, ali baš zato što si inteligentan čovek, treba da vodiš više računa o svom spoljašnjem izgledu.

– Eh, sad ću ja da se ulepšavam kao žena.

– Molim te, daj da ti ja malo izmasiram lice. Da vidiš nigde bora nećeš imati. Znaš kako meni masira maserka, pa ću isto tako tebi.

– Ostavi, molim te. Da ja sad masiram lice?!

– Ali da probamo samo. Ništa te neće stajati. Eto ovako. Ove ću bore da ti rasteram. Pa čekaj, krem ću da uzmem. Vidi ove bore, to ti baš ne treba. Tako, to se povlači na ovu stranu. Samo ti budi miran. Aha. Da vidiš kako će da ti zasija lice. Ovako treba ja da ti dva puta nedeljno masiram, video bi ti kako bi ti sve bore iščezle.

– To ne liči muškarcima.

– Šta ne liči?! Moj frizer, bogami, priča da se i muškarci masiraju. Nije samo to, nego i manikir i pedikir. Sad ću malo da ti pljeskam po licu, pa ću da te poprskam kolonjskom vodom. Dede, pogledaj se sada u ogledalu.

– Pa nije ružno. Dođe svežije lice.

– Tek ćeš ti da se osvežiš. Zar ja nisam dobra žena! Ulepšavam te, a oko tebe sve mlade činovnice.

– Ti znaš mene.

– Znam, ali i ne znam. Šta ja znam šta se događa po kancelarijama. Ako ti ovako procvetaš, bogami biće opasno... Ali ja hoću da si uvek lep. Nije kao ti meni što ne daš da se ulepšavam.

– Bolje reci da se farbaš. Zar ti još na to misliš?

– Kad vidim kako se druge žene farbaju, moram da mislim...

Zvonce zazvoni.

– Ko li je to?

Gospođa Zora ode da otvori i uzviknu.

– O, otkud vi? Baš prijatno iznenađenje.

To su bili njena prijateljica Vida i njen muž Čeda.

– Vraćamo se od mame. Bila sam kod nje celo poslepodne, pa došao Čeda, oni nas zadržali na večeri, pa posle večere, znaš, oni stari, mama i tata, pa se odmah strpaju u krevet. A mi prođosmo ovuda, ja videh svetlost, pa rekoh Čedi: hajde da svratimo do njih. Nećete valjda još da spavate?

– Kakvo spavanje! – uzviknu Dragi. – Danas sam posle podne malo spavao, znam da ne bih dugo zaspao, i bolje malo da posedimo.

– Jeste li za čaj ili kafu? – pitala je gospođa Zora.

– Gotovo, pre bih čaj... nešto me boli tu.

– Pa i ja ću čaj.

– A znaš, Zoro, šta sam došla da ti kažem? Iznenadićeš se... Sutra idem da farbam kosu. Hoću da se heniram. Neću više ovo moje sedo čudo da trpim na glavi.

– Trebalo je ti to još davno da učiniš, znaš da sam te ja uvek grdila i terala.

– A zašto da se farbaš? Tebi, Vido, baš lepo stoji ta seda kosa – govorio je Dragi. – Vidi se mlado lice, samo si rano osedela.

– Mlado lice a seda kosa. Ćuti, molim te. Vidi samo Čedu. Kosa crna kao zift. A ja pored njega sva seda kao baba.

– A šta ti na to kažeš, Čedo?

– Dozvolio sam neka radi kako hoće.

– Vidiš, Dragi, dozvolio. A ti meni ne daš da se farbam.

– Dobro, ja mogu da razumem Vidu, što hoće sedu kosu da boji, ali zašto ti hoćeš da karadiš lepu crnu kosu.

– Pa ja bih tek onda bila lepa. Reci mu, molim te, Vido, zar meni ne bi lepo stajala zlatna kosa?

Ona je ispod stola dobro nagazi na nogu.

– U, pa ti bi tek tada bila interesantna. Crne oči a plava kosa, zašto joj, Dragi, ne dopustiš?

– Ostavi, Vido, nemoj i ti sad da je podbunjuješ! Ja ne bih mogao to da podnesem, da moja žena, koju sam ja uvek voleo kao crnomanjastu, postane najednom plava. Eto, kako bi vama izgledalo da se ja i Čeda ofarbamo u riđe. Zato ja to ne mogu da podnesem, i ona se meni takva ne bi dopala.

– E, sad ću da vam pokažem kakva bi izgledala.

– Opet ćeš sad tvoje mustre od kose da doneseš. Zar ih još čuvaš?

– Jeste, čuvam ih. Pogledaj, Vido, ovu zlatnu kosu. Evo da metnem uz lice.

– Uh, što bi ti divno stajalo! Bože, Dragi, pa zar ti nemaš oči da to vidiš?

– Slušaj, Čedo, slušaj, sve je to ženski dogovor. Hoće sad Vida mene da ubedi da bi ona bila lepša.

– Pa ja bih se odmah ovako obojila, ne bi ni pitala da li će se Čedi dopasti, samo da moja kosa nije seda.

– A šta ti smeta što je seda?

– Zato što kad je kosa seda, ona oksidiše, dođe kao da je zelena. Zori bi to već divno stajalo.

– Što je ne pustiš da se farba? – dodade Čeda.

– Zar si i ti protiv mene?

– Ja sam, naprotiv, uz tebe. S mojom ženom ja sam se dogovorio. Dopuštam ti da se farbaš, ali pod uslovom da i ti meni, onda, dopustiš da svaku žensku pogledam.

– Jaoj, ti ne gledaš ženske! A onomad u kafani? Na moje oči se kibicuješ. Samo da ti pričam, Zoro. Ali čekaj, imam ja ovde neki ručni rad, pa da ne dangubim.

– Šta radiš?

– Jedno šalče... Znaš onomad smo bili u kafani kad uđoše dva devojčeta, okretoše se svi za njima. A one obe sedoše baš vizavi našeg stola. Ovaj moj odmah užagri očima.

– Šta užagri?! Sedeo sam sasvim mirno.

– Jaoj, Čedo, ti misliš da ja to ne znam. Ama čim vidiš lepe devojčice – odmah se uzvrdaš, pa malo-malo pa u njih. Da su bar neke ženske od reda, nego...

– Što ste vi udate žene! Čim vidite lepo devojče, ono je odmah za vas nepošteno.

– Pa zar ti ono smatraš poštenim. Pola deset, a dva devojčeta sama, lunjaju po kafanama. I kako je jedno samo bezobrazno. Upiljilo se u Čedu, ništa zato što pored njega sedi žena.

– Otkud se u kafani zna ko je kome rod.

– Zna se to. Vidi se po ponašanju. Zar će jedna udata žena onako na muškarce da baca kolutove dima? I posle kad smo izašli, video si, za njima juri jedna bulumenta muškaraca. I ti bi potrčao da nisam bila ja tu. Zato ću, Zoro, da se ofarbam. Hoću da izgledam mlađa.

– I ja bih zato, ali Dragi ne dâ.

– Popustiće on... Ali šta je to, Dragi, večeras sav blistaš. Još maločas sam htela to da kažem. Podmladio si se i prolepšao.

– Ama i ja to isto gledam – govorio je Čeda. – Kakav ti to recept imaš?

– Ja sam njegov recept – govorila je gospođa Zora, grleći ga. – Zar nije lep?

– Nemojte sad da me zbunjujete. Spavao sam, pa sam se odmorio.

– I kad svi kažu da si tako lep, onda ćeš i meni da dopustiš da se ulepšam.

– Ostavi, o tome ćemo tek da razgovaramo.

Posle pređoše na druge razgovore, popiše čaj, odigraše i jednu partiju domina i rastadoše se.

Pri rastanku Zora šapnu Vidi:

– Reci mu za moje farbanje.

I Vida opet navali:

– Slušaj, Dragi, pusti Zoru da sutra idemo zajedno na farbanje.

– Ne, ne, to ja treba da razmislim. Ne mogu s tim nikako da se pomirim.

Ležeći u postelji gospođa Zora je mislila: *Popušta, već popušta, samo treba imati strpljenja. E, ofarbaću se, mužiću, pa ćeš me još ti nateRati.*

Luster od tri sijalice bleštao je a pod njim je sedela gospođa Zora. Na njoj je bila velika promena. Kosa plava kao zlato treperila je, prelivala se, i lice joj je dobilo neku nežnost, roze boju, ona je sva došla podmlađena, čisto detinjasta.

Čekala je muža. Ču ključ u vratima, njegove korake u predsoblju, i ostade sedeći.

Vrata se otvoriše. On kroči, zastade, zagleda se u nju, ostade zanemeo. Onda mu se najednom obrve skupiše, priđe jedan korak i viknu:

– Šta, ofarbala si se?

Ona je ćutala.

– Usudila si se bez mog znanja?

Odmače se jedan korak.

– I smela si to da učiniš. Gledaj kakva je!

Ona samo ćuti.

– Sram te bilo! Sad vidim kakva si. Htela si da crkneš dok se ne ofarbaš. Neka on priča šta hoće, ali ja ću da uradim ono što ja hoću. E, sad ćeš da vidiš šta ću ja da uradim.

Izlete iz sobe, zalupi snažno vratima, uđe u spavaću sobu i sede na divan. Sedeo je i ćutao. Vrata škripnuše. On se ne okrete.

– Dragi... Drakče, pa pogledaj me.

– Odlazi!

– Ali, molim te, pogledaj me.

– Odlazi kad ti kažem!

– Pa kad te molim, vidi nešto.

– Još se usuđuješ da mi nešto govoriš?!

On se besno okrete.

U tom času, jednim brzim gestom, ona se dohvati za kosu i skide – periku.

On osta nekoliko trenutaka gledajući je i progovori, i dalje nabusitim glasom:

– Pa šta praviš komedije?

– Htela sam da me vidiš s plavom kosom, uzela sam ovu periku od frizera. I moraš priznati da divno izgledam.

– A ti još jednako misliš na farbanje?

– Ne mislim. Nego sam donela ovu periku, pa ću da je nosim po kući i isteram želju za plavom kosom. Eto, samo te to molim, da mi dopustiš da stavim periku poneki put. Tako će me ova želja proći.

– Bože, što si luda!

– Reci, dopuštaš li da je stavim na glavu?

– Pa metni je! Samo me ostavi da pročitam novine.

Ona namesti periku pred ogledalom i u ogledalu spazi kako je on krišom posmatra.

– Hajde, hoćeš li da večeramo?

On sede za sto i morade da se nasmeje.

– Sad si se napravila kao da si glumica. Sve ste vi ženske glumice. Vidim ja da ti glumiš i izvodiš nešto.

– Baš ništa... Meni se sviđa, a tebi ne mora da se sviđa. Niti te ja pitam da mi kažeš da li mi lepo stoji.

On zapali cigaretu i zagleda se u nju.

– Čekaj da te vidim.

Gledao je i ništa nije govorio.

A ona ništa nije pitala. Samo mu se opet zagledala u lice.

– Što se to tvoje lice popravilo! Znaš li ti, da nigde nemaš nijednu boru?

– Sad treba i ja tebi da napravim kompliment: „Što ti divno stoji ta plava kosa!"

– Ja znam da ti to ne voliš.

– Ne volim jer je neozbiljno. A ne stoji ti rđavo. Istina, mlađa si!

Ona skoči, zagrli ga.

– Pa što si takav, što ne kažeš da sam lepša?

– De, de, ostavi me... Za periku mogu da kažem, ali tvoja crna kosa je lepša.

Njoj je ipak to bilo dovoljno.

Sutradan zazvoni telefon. Razgovarala je sa oksidisanom i heniranom prijateljicom.

– Dođite večeras, a ja ću da stavim periku, pa da sve tri saletimo Dragog da popusti. Ali i Čeda i Pera da budu na mojoj strani.

I zavera se sklopi protivu muževa, neprijatelja oksidisane kose. Živka oksidisana plavuša i Vida, henirana, uzviknuše od iznenađenja kad ugledaše Zoru s perikom.

– Pa ti si se oksidisala. Jaoj, što ti divno stoji! Deset godina si mlađa.

Zora uzdahnu.

– Nisam se oksidisala, nego sam periku stavila.

– Bože, pa ti si, Dragi, još jednako onako tvrdoglav. Zar ne vidiš da se ceo Beograd već oksidisao i platinirao.

– Vidim, još samo ona jadnica je ostala iza tog celog oksidisanog Beograda.

– Pa ti ćeš mi dopustiti, je li da hoćeš, kaži samo pred njima.

– Hoće, on je dobar – govorile su obe žene u isti mah.

– Pa ti nas vređaš, Dragi. Šta si se tako zainatio? Kao da je to nepošteno.

– Vidite kako žena može da postigne sve što god hoće. I ona prosto hoće da me natera da popustim.

– Samo dobri muževi popuštaju, a ti si najbolji, ja priznajem...

– Zar je potrebno na ovoj krizi da imam i taj izdatak za farbanje kose?

– A ja sam to već uštedela od kujne. Ništa ti meni nemaš da daš. Samo reci: Idi sutra pa se farbaj.

On je pogleda, uhvati se za glavu, diže ruke uvis i viknu:

– Molim te idi sutra pa se farbaj samo nemoj više da mi kukaš.

– Ali još jednom da ponoviš da svi čuju, da se ne pokaješ sutra.

– Ostavi me, molim te. Dobro, idi pa se farbaj! Neću ti više ništa reći.

Salon

Svaki je imao poneku želju u toj skromnoj činovničkoj porodici, i to je stvaralo suze, svađe, ljutnju, nezadovoljstvo. Zorica, u trećem razredu osnovne škole, plakala je zbog čizmica; Nada, u četvrtom razredu gimnazije, htela je dugačke rukavice, one bele koje prelaze preko rukava čak do lakata; Voja, student prava, neprestano je gunđao zbog zimskog kaputa jer mu se onaj prošlogodišnji sav izlizao i ne ostaje mu drugo nego da nosi trenčkot, kao mnogi, a to se već zna da su sirotinja i nemaju zimski kaput. A Kaća, lepa Kaća, mlađa od Voje i najlepša, mala činovnica, sanjala je o salonu. Da imaju salon, fotelje, kanabe, abažure, lepe slike, puno sitnih stvarčica od kristala, gipsa, bronze, jastučiće futurističkog oblika, i da ona tu prima svoje otmene drugarice, i to one fine, uglađene i naparfimisane mladiće otmenog sveta, koje je sretala kod svoje drugarice Božinke... To prijateljstvo je probudilo u njoj mondenske prohteve, želju za salonom, nezadovoljstvo u toj skromnoj porodici, gde je sav prihod bila očeva plata, malo više od tri hiljade i njena hiljadu dvesta. Ali koliko potreba, koliko samo čarapa, cipela, pa kirija, ne računajući drugo, da je svaki bio ljut zbog neke želje koju je bilo nemoguće ostvariti.

Kaća je najviše patila. Sva njena nesreća bilo je to drugarstvo iz đačke skamije pored Božinke, bogate, razmažene, otmene devojke, koja je, ipak, imala dobro srce i zavolela Kaću. Nisu se rastajale sve do mature, pa ni posle, kad je Kaća postala činovnica a ona otmena devojka koja čeka prosioce, zabavlja se i ne žuri sa udajom. Kaća je uvek bila kod nje na žurevima, gotovo kao član porodice, imala veze sa otmenim svetom. Primala je njihove manire, konverzaciju, volela tenis, auto, šofiranje, i s tim novim navikama život joj je bio nesnosan u kući pored moderne majke, tog ironičnog brata, koji je više voleo pulover nego sako, ismevao je taj otmeni svet, i nju, Kaću, nazivao prišipetljom, koja se gura i nameće tom svetu gde joj nije mesto.

Jednoga dana dođe Kaća sva usplahirena.

– Mama, mi moramo da nabavimo salon. Božana će mi doći u posetu s još jednom otmenom gospođicom i dvojicom mladića.

– Otkuda, ćerko, da nabavimo salon? Zašto? – iznenadi se mati.

– Na otplatu, idi pa pitaj trgovce, ja ću otplaćivati od moje plate...

– Lepo, bogami – upade Voja. – Salon da kupuješ, a ja da se mrznem u trenčkotu. I zašta će nam salon, gde da ga smestimo? Valjda i stan veći da uzmemo jer gospođica treba da prima otmen svet.

– Ćuti ti, bezobrazniče jedan. Pravi si prostak. Ti i nisi za salon i otmen svet. Slušaj, mama, ti moraš da ideš da vidiš ko će ti dati na otplatu.

– Idi, moraš ići – dobaci opet Voja. – Zar ovako otmena gospođica da prima u ovoj našoj starudiji? Ali, zapamti, presešće tebi otmen svet.

Kaća ciknu na njega, otera ga, iznervira se, udari u plač, izgrdi ga i mati što je sekira jer je ona sve popuštala toj lepoj ćerki, koja je umela da je ubedi kako je potrebno da primaju otmen svet, kako će ona jednog dana tu naći partiju jer se svima dopada, svi joj laskaju, prave joj komplimente, smatraju je za otmenu devojku, i ona hoće to da im dokaže, da ih pozove svojoj kući, i da ne misli da je ona jedna obična fujara.

I sirota mati trčala je iz radnje u radnju, tražila, molila, ali svi traže bar pola da se plati, a oni nemaju ništa, i došla je kući očajna, plače Kaća. Šta da rade jer će u nedelju doći taj otmeni svet. I jadikuje na svoju sudbinu, što se rodila u sirotinjskoj kući, proklinje sebe...

Opet, jadnica mati doseti se.

– Nemoj, sine, da se sekiraš. Znaš šta ćemo da radimo? Pozajmićemo taburete od kuma Dare. Ona je na prvom spratu, daće nam žena za jedan dan...

I nastade trčanje, donošenje stvari: tabureti, ćilim, pa opet nema sve... Nema slike, sve neke fotografije, a u sobi šifonjer a odozgo tegle sa slatkim i ajvarom.

– Ovaj šifonjer da izbacimo.

– Pa nemamo ga gde.

– Ih, mama, pa kako to govoriš, zar u salonu da mi stoji ono slatko i ajvar...

Izbaciše ga u kujnu za taj dan, napabirčiše stvari da dočekuju otmen svet. Ali sad nema šolja za čaj. Trči, pozamljuj i to... A Voja gleda šta se radi, sa ironičnim osmehom, naljuti se i podviknu sestri:

– Išamarao bih ja tebe, pa se ti ne bi setila salona. Celu si kuću ispremetala da bi se pokazala otmena gospođica. Ti misliš zamenićeš salonom, jest, mnogo ne vide onu starudiju.

Udari nogom po taburetu, prevrte se, ispade slama. Kaća dobi histeričan napad, mati ga izgura iz kuće.

I kroz plač Kaća moli mamu: – Samo mu ne daj toga dana, kad dođu, da uđe u sobu. Kako je bezobrazan, uvrediće nekoga. On mrzi taj otmeni svet zato što je pravi dripac. Nemoj da se razdere kao uvek: „Mama, daj mi putera i hleba, ja sam gladan."

I onda dade uputstva majci kako da se ponaša, da ne sedi mnogo u sobi, to nema smisla, devojke su danas uvek same s kavaljerima, pa neka izađe. Može da kaže nešto glupo u razgovoru jer ona nije naučila da vodi razgovore u salonu.

I dođe taj dan. Dođoše dve otmene gospođice, i dva fina, lepa kavaljera. Kaća je sva uzbuđena, u groznici, od straha da ne naiđe Voja, da neko ne napravi ispad u kući... Pa onaj prokleti taburet, samo škripi feder, i tu je seo jedan mladić, baš onaj koga Kaća simpatiše. Ona se smeje, priča, hoće da bude prava dama, ali joj obrazi bukte, i kako škripne taburet, ona se nasmeje da se to ne bi čulo. Svrši se poseta, odoše, Kaća leže u postelju s glavoboljom i zaplaka.

– Kako je teško dočekivati goste u ovakvoj sirotinji i ovako pohabanoj kući, pokraj glupe familije.

I baš kad je htela da zaspi, ču Vojin glas:

– Kako ste se, gospođice, proveli? Sad zamišljate da ste otmena dama. Ha-ha-ha!

Ona ščepa cipelu, poteže za njim i briznu u plač.

A posle nastade opet isti život. Voja je bio vredan student, i druga deca su vredno učila, samo se Kaća izdvajala... Ona je često zadocnjavala uveče. Mati je to uvek zataškavala, krila, ostavljala joj je ključ na prozoru kad dolazi jer je znala da je s Božinkom, u pozorištu, bioskopu, ili prave izlet automobilom. I kad bi Voja počeo da napada majku zbog te popustljivosti, ona ju je branila:

– Neka je, neka se provodi. Pored mene i oca gde bi izašla. Ne možemo ni u pozorište, ni u bioskop... Da ti imaš neku službu, pa da je izvedeš. Vidiš, ona dosta daje i u kuću. Zadrži sebi samo džeparac, pa zar da joj uskratim da se malo zabavlja.

– Dobro, dobro, pusti je neka se zabavlja. Ti ćeš biti kriva za sve, ja ti kažem.

Kaća, pod okriljem majke, zabavljala se. Jednoga dana donese skupoceni štof.

– Mama, vidi, šta mi je kupila Božinka.

– Božinka?

– Jest, ona. Kaže da sašijem kostim. Ti nemaš pojma, kako ona ima dobro srce.

I često je donosila poklone, sva srećna, počela je lepše da se oblači, i da bi Voju odobrovoljila, obeća mu da će mu kupiti zimski kaput, a ona će ga otplatiti.

On je primio kaput, ali je uvek podozrivo gledao svoju sestru, ogorčen na njen život u tom otmenom svetu. Mati, dobrodušna žena, trudila se da izgladi odnos između sina i ćerke, da ih izmiri, da ne bi bilo svađe u kući.

I tako je život naizgled tekao normalno.

Jednog jutra dođe kuma Dara, zamoli ako imaju jedan kofer, hoće ona i ćerka na put, pa im je malo njihova dva.

– Imamo jedan, čekaj, kumo, sad ću ti dati... – Nađe ga ispod Kaćinog kreveta. Bio je zaključan.

– Čekaj, kumo, samo da nađem ključ.

Preturala je svuda, i nađe ga u šifonjeru, ispod veša. Otvori kofer da ga istrese i zastade preneražena. U koferu su stajale svilene košulje, gaćice, kombinezoni, najfinije čarape, staklo kolonjske vode, flašice parfema i svila za jednu haljinu...

Ona kao u snu poče da diže jedno po jedno parče. To je sve bilo tako fino, lako, što ona nikad nije videla na Kaći i nije mogla da veruje očima da je to njeno. Otkuda njoj novca za ovakav veš, za te mirise, čarape? Neka strašna misao prođe joj kroz glavu. Ona se čisto povede. Pođe u drugu sobu, nesvesno, pa se vrati, uze sav taj veš, savi ga, strpa u šifonjer. Ugleda na dnu jednu kovertu, otvori je i izvadi iz nje hiljadarku...

Sad kao da joj nešto sinu pred očima, otvori se, i ona ugleda ponor i u tom ponoru svoju kćer.

– Jesi li našla, kumo?

– Jesam, evo sad ću...

Uze kofer, iznese ga, sva zbunjena, ne znajući šta da govori. Savlada se, isprati kumu, vrati se u kujnu. Okrete se po kujni, htela je nešto da uzme, dođe do ormana, otvori ga, ali nikako da se seti. Zaprška zamirisa na izgoretinu, ona priđe šporetu i vide da je sav luk pocrneo. Htede da uzme so, pa dohvati šećer i opet se okrete po kujni kao luda.

Utrča Zorica.

– Mama, daj mi putera i hleba, ja sam gladna.

Ona se izbrecnu na nju.

– Idi, dete, ostavi me na miru.

– Pa daj mi hleba – razdera se Zorica.

Mati je udari:

– Nemoj da mi se dereš – i čisto se osvesti, povrati se iz onog bunovnog stanja, dobi neku energiju, dođe joj da viče, da uhvati tu Kaću za kosu, da je čupa, da je pita, ko joj to kupuje. Sad tek ona poče da razmišlja o njenom životu, tom zakašnjavanju uveče, što je ona, mati, naivno shvatila, mislila da je s drugaricom. Sad joj tek bi jasno ko njoj kupuje štofove, što ona kaže da je Božinka. Poče u mislima nju da gleda. U poslednje vreme se prolepšala, raskrupnjala, došla nekako drugojačija. Bila je uvek umiljata oko majke, ali ta umiljatost je bila što je ona sve praštala, ništa nije sumnjala. Sad će ona drugojačija biti. „Ah, samo da dođe", škripnu mati zubima, raščupaću je, pocepati sav onaj veš. I taj veš ju je bacao u sumnju, u patnju baš zbog toga što ga nikad nije nosila kod kuće. Gde je ona to oblačila, kad je nosila?

Dođe podne, svi se skupiše na ručak. Mati je ćutala. Muž zapita: – Šta ti je?

– Boli me nešto glava.

Nije htela pred njima, naročito ne pred Vojom. Sad je uviđala da je on, muškarac, iskusniji i pametniji, imao pravo, i da je ona bila glupa i naivna mati koja ne poznaje život. Osećala je svoju krivicu pred sinom, što je njemu zabranjivala to tutorstvo nad sestrom, grdila ga je i ona, misleći da je zao, pakostan, nepravedan kao brat, a sad je tek videla kako braći treba dati za pravo i dopustiti im da kontrolišu život sestre. Posle ručka, otac prileže, Voja ode od kuće, ona zovnu Kaću u sobu, iznese onaj veš i šapatom škripeći zubima zapita je:

– Otkud ti sve ovo i ovaj novac?

Kaća se u prvi mah zapanji, ali samo za trenutak, pa se pribra i bezazleno i naivno, sa osmehom:

– Pa to sam od Božinke dobila.

– Pa kad si dobila, zašto mi nisi pokazala nego kriješ u koferu?

– Bože, mama, to sam tek onomad donela, pa nisam htela da Voja vidi i nađe...

– Lažeš, ti si lažljivica – siktala je mati kroz zube. – A jel' ti Božinka dala i ovih hiljadu dinara?

Kaća opet udari u smeh.

– Mati, bogami, sad ću ti priznati. Ja sam dobila povišicu još pre dva meseca, pa nisam htela da kažem. I to je moja ušteđevina. Ti znaš da ja hoću da kupim salon, pa sam krila od tebe jer ti čim nemaš para odmah mi uzmeš i moj džeparac, i taj salon ne bi nikad kupila. A ja toliko sanjam o tome, već sam gledala jedan, pa hoću i ti da vidiš.

– Ama, kakav salon, šta će nam to, koga ćemo mi da dočekujemo? Bolje da kupimo jorgane, sve se pocepali ovi stari, pa veš, pa ocu treba jedno odelo...

– Ti, mama, sve meni kvariš, a ti ne znaš šta znači imati salon za primanje i moći dočekati svakog.

– Pa dobro, gde ćemo da spavamo? Treba da izbacimo krevete.

– Kreveti nisu potrebni. Kupićemo fotelje na rasklapanje, pa danju salon, a uveče spavaća soba.

– Ama, kakav salon, šta će nam?

– Mama, ti si uvek dobra, ostavi meni da to udesim. Najzad, ja nisam dužna da vas izdržavam u kući. Jes, treba sve vas ja da odevam. Ti znaš da ja tebi dosta dajem. Ja ću uvek tebi da činim, mislila sam i tebi za haljinu da kupim...

Govorila je tako ubedljivo, zagrli mamu, ona popusti, pokoleba se u svojoj sumnji, ali joj ipak reče:

– Ja sam svašta pomislila Kaća za tebe. Ti znaš da ti ja sve činim i popuštam, što možda grešim, ali ja mislim da ti umeš da čuvaš sebe i svoj obraz. Jer to ti je sve što imaš, ćerko, obraz i poštenje.

– Bože, mama, šta mi ti to sad pričaš, obraz i poštenje! Ti treba da znaš da ja umem da vodim računa o sebi i umem da pazim na svoje ponašanje. Ne boj se, neće mene zavesti nijedan muškarac.

– Ja sam uvek mislila da si takva. I zato nemoj ništa da kriješ od mene.

Utom se čuše koraci i Vojin glas.

– Daj mi, mama, taj veš i mirise. I nemoj njemu ništa da pričaš. Znaš kako on mrzi otmen svet. Reći će: „To hoćeš da se oblačiš kao otmena dama."

I ona sakri rublje i mirise, a mati izađe iz sobe malo umirena.

Posle nedelju dana imali su salon u kući.

* * *

Te večeri Voja se vraćao iz pozorišta s premijere. On je bio stalna publika na galeriji, koji najoduševljenije gleda i s najtačnijim kriterijumom. Vraćao se pešice, jer ta publika s galerije ne ide nikad autobusom, uzdignute jake na kaputu, ruku zavučenih u džepove i pevušio šlager: „Ja ljubim vašu ruku, madam".

Najedared, zastade. Iz ulaza jedne velike kuće, s dva-tri stepeništa, poznate sa svojim garsonjerama, izađe njegova sestra. Ona istrča na ulicu, za njom jedan mladić, uletoše u jedan auto i odjuriše.

– Kaća! – šaputao je brat. – Znao sam ja sve to...

On pođe brzo kući, oborene glave, stegnuta srca, s nekom gorčinom i besom.

Nije hteo uveče da pravi skandal, ali sutradan zovnu mamu i Kaću i reče majci:

– Tvoja kći ima ljubavnika.

– Šta kažeš, bezobrazniče jedan! – ciknu Kaća.

– Ćuti, bednice jedna, još smeš da govoriš – grmnu brat na nju – znaj da ću te smožditi ovog časa. S kim si se sinoć vraćala? Izašla si iz neke garsonjere i uletela u auto. Da, automobilom ti je kćer došla kući. A šta je tebi kazala?

Mati sva unezverena, tupim glasom prošaputa:

– Kazala je da je bila kod Božinke na večeri.

– Kod Božinke? To je izgovor njen, ta Božinka. Nije ona nju ni videla, ali kod nje je pohvatala veze i našla ljubavnika. Auto, toalete, salon, to tebi treba. Ti, skromna činovnica, oblačiš se kao bogataška kći. Otkuda tebi ta toaleta? Otkuda tebi ovaj salon? Zaradila si, ali na koji način. Propalice jedna! I ti, majko, ništa ne vidiš, dopuštaš joj sve, kriješ svaki njen postupak. Ali ja ti kažem, svaki tvoj korak ću pratiti i vidim li te još jedne večeri, isprebijaću tog nitkova na mrtvo ime.

– Laže, mama, sve laže – vikala je Kaća. I dobi histeričan napad, a mati izgrdi sina kao i uvek, da bi umirila kćer.

I posle, kroz suze, Kaća je pričala mami:

– Ti ne znaš, mama, kako je to fin mladić i koliko me voli. On ima najozbiljnije namere prema meni, kaže da ne može da zamisli život bez mene, i ja verujem da ću se udati za njega. A sinoć smo ispratili onu damu, ona tu stanuje i posle je i mene dopratio...

I mati se umiri.

* * *

Neko zatišje je nastalo u kući. Kaća, valjda iz bojazni, dolazila je ranije kući. Posle, opet otpoče po starom. Dođe jednog dana i Božinka, da zamoli Kaćinu mamu da je pusti da ide s njom, opravdavajući je, i majka, naivna, opet popusti.

Brat je malo govorio sa sestrom. Neko neprijateljstvo bilo je između njih. Ona ga se pribojavala i strepela od njega, i izbegavala sukobe, osećajući da je krivac, a on je imao u svom ponašanju neki prezriv stav prema sestri. Bila je i neka promena na Kaći. Nešto je izgledala utučeno, ubledela je, ustajala s kolutovima oko očiju i kao da je plakala. Posle se opet kao malo razvedrila, pevušila i mati nije obraćala pažnju na nju.

Jednog dana ona dođe iz kancelarije u jedanaest sati.

– Šta je, što si došla tako rano?

– Teško mi je, mama, pa su me pustili ranije kući.

Leže u postelju, ućuta se. Mati joj priđe, učini joj se kao da joj se tresu ramena, uhvati je za ramena da je okrene, ona zabi još više glavu u jastuk, zajeca naglas.

– Kaća, sine, šta ti je, jesi li slaba?

– Ostavi me! – obrecnu se ona.

– Hoćeš da zovemo lekara?

– Neću, idi od mene.

I ona opet zajeca. Mati, sa svojom bolećivosti materinskom, opet se naže nad njom.

– Zašto mi, Kaća, ne kažeš, ako ti je nešto teško. Da nisi imala neprilike u kancelariji?

– Ostavi me jednom kad ti kažem!

Mati izađe zbunjena, naiđe Voja, ona mu reče:

– Ne znam šta je Kaći, došla je ranije iz kancelarije, samo plače, pitam je boli li je štogod, ona neće da kaže...

– Ne znaš šta joj je. Ja znam. Njen ljubavnik se verio, evo piše jutros u novinama. Ženi se gospođicom iz otmenog sveta, naravno, bogatom jer je i on otmen gospodičić. To je jedan od one dvojice koji su dolazili onog dana.

– Ostavi, kakav ljubavnik! – branila je mati. – Ti je neprestano sekiraš.

– Da si ti dopustila da je ja sekiram, sad se ne bi ona sekirala. Nego si ti bila zaslepljena, i tebe je zasenio taj bogati svet, volela si da ti se ćerka tamo provodi, mislila si zaljubiće se neki bogataš i nju uzeti za ženu... Jest, zaljubio se, i uzeo je, ali za provod i zabavu, a ne za ženu.

Sad ju je ostavio, kao što se i moglo očekivati. Možda se u hiljade dešava jednoj, da uhvati tako nekog bogataša. Nego, pusti mene, ja da joj kažem.

– Nemoj sad da joj govoriš ništa, meni je dosta tolikog jada.

On odgurnu majku, uđe u sobu, priđe postelji.

– Kaća...

Ona je ćutala.

– Kaća, ja znam sve.

U njegovom glasu nije bilo ironije, govorio je ozbiljno.

– Ti si to morala očekivati, nisi mene slušala, ali to ti je lekcija iz života. Sad ćeš zaboraviti salon i otmen svet.

Kaća skoči, raširenih očiju, cvokoćući zubima.

– Ćuti, nemoj da mi govoriš. Ti si gadan. Ti se raduješ!

Brat planu: – Ja se radujem? Ja te sažaljevam što si takva bednica. Da, bednica si! A sad praviš skandale po kući, uvek ta tvoja histeričnost.

– Ćuti, ti ćeš me ubiti.

– Ubila si ti sama sebe. Sve si radila šta si htela. Nikog nisi slušala, jurcala si i vucarala se noću, kao neka devojčura. A sad tu izigravaš... Ostavio te, ženi se, a s tobom se zabavljao.

Kaća vrisnu, počela je da ciči, da čupa kosu, odelo, sruši se na pod u histeričnim grčevima, ulete mati, sakupiše se deca, nastade plač. Jedva je umiriše i metnuše u postelju.

Mati je plakala.

– Teško meni šta sam dočekala.

Sin je govorio.

– Trebalo je da se nadaš da ćeš to dočekati. Ali to će je opametiti. Nije ona jedina. Mnoge devojke tako prođu kroz život. Ne slušaju savete iskusnijih i veruju svakom obećanju. Ti si je uvek krila i zaštićivala, a možda si sve to i naslućivala kao i ja.

Mati uzdahnu teško i ne reče ništa.

Prođoše dva dana. Kaća kao da se malo umirila. Nije išla u kancelariju. Bilo je posle podne. Deca u školi, mati kod kuma Dare. Kaća je spavala. Posle četiri sata, Zorica se vrati iz škole. Ulete u kuću i kao obično viknu: „Mama, mama, daj mi putera i hleba..."

Uđe u sobu, mame tu nije bilo. Zaviri u kujnu, ni tu je nema. Opet se razdere: „Mama! Mama!" Priđe kupatilu, otvori ga, vrisnu i pojuri vrišteći niza stepenice.

– Kaća se obesila!

Voja se vraćao, polete izbezumljeno, vide otvorena vrata na kupatilu, ugleda je kako kleči, s užetom oko vrata, koje je bilo vezano za kuku na prozoru, ščepa svoj perorez, preseče konopac, podiže je, ulete u sobu, smače joj omču s vrata, pritisnu joj srce. Ona je bila još topla i srce joj je kucalo...

Odozdo uza stepenice jurila je mati, kukajući, vrištala je Zorica, trčala kuma, čuše i druge kirajdžije, svi uletoše. Mati jauknu:

– Ćerko, šta si uradila?

Voja viknu: – Nije mrtva, još živi, trčite po doktora!

On je baš bio u parteru, dojuri, i posle pola sata povratiše je i Kaća otvori oči.

Lekar zamoli da se svet udalji iz sobe, njoj je potreban mir, ostadoše samo mati i brat.

Oni su sedeli malo dalje i čuše njen slabi glas.

– Mama!

– Šta je, sine? – prošaputa mati, uplakana lica.

– Mama, oprosti mi.

– Nemoj ništa da govoriš, ti znaš da te ja volim.

– Ali Voja me mrzi i prezire.

– Kako može brat da mrzi sestru? On tebe voli, samo se vas dvoje ne razumete.

Jedno jecanje se ču u sobi.

– Ko to plače? – zapita Kaća.

– Voja.

To je brat plakao. Njegovi jaki nervi muškarca, uzbuđeni do vrhunca, nisu mogli da se savladaju. On je plakao, potresen celom tom tragedijom, plakao je kao brat koji je uvek mislio dobro sestri, želeo joj sreću, hteo da je spase, i zbog toga je mogao biti nesvesni krivac ove tragedije i neshvatanja života.

– Vojo – prošaputa Kaća.

On priđe, kleče pokraj postelje i zajeca. Govorio je kroz jecanje: – Nikad ja tebe nisam mrzeo. Bio sam strog možda jer sam video tvoje neiskustvo, znao sam da si naivna i ne poznaješ život. Taj svet nije odgovarao tebi, a ja sam zamišljao da ti zaslužuješ bolju budućnost.

Koliko je mojih drugova kojima si se ti dopadala. Samo ti njih nisi gledala. Ali ti si uvek moja dobra sestrica.

On joj uze ruku i poljubi, pogladi je po kosi.

– Mi ćemo se odsad lepo slagati.

– Ne, ti ćeš me prezirati. Ja ne mogu da živim, ima još nešto strašno što vi ne znate.

– Šta je to strašno, reci Kaća. Ti ne treba ništa od nas da kriješ – govorio je brat.

Mati je plakala.

– Reci, Kaća, sve nam ispovedi.

– Ne mogu... ja sam tako bedna... Vi ne znate. Nisam ja htela da se ubijem zato što se on ženi, nego... Ah, ne mogu da vam kažem... Ja sam...

– Šta? Reci, Kaća, sve ćemo ti oprostiti, sve ma šta bilo.

– Ja sam u drugom stanju.

– A je li to on zna? – zapita brat.

– Znao je.

– Pa šta je kazao?

– Kazao je da je to maler koji se mnogim devojkama dešava, ali to nije ništa, lako se može otkloniti bez posledica. I dao mi je dve hiljade dinara.

Mati uguši jedan jauk i sede na stolicu. Brat steže grčevito pesnice. Pribra se opet.

– On je bednik, ali je bolje što je takav bio, brže ćeš ga zaboraviti. A je li ti kazao da se ženi?

– Nije. To sam pročitala u novinama, ali sam naslućivala da će se ženiti.

– Jadna moja sestrice! – Brat ju je milovao po licu.

– Kako si ti dobar – prošaputa Kaća.

– Ja sam pošten, i ne bih nikad tako uradio s devojkom. Ako budeš mene slušala, više nećeš patiti.

– Samo ako me ti ne budeš prezirao!

– Nikada te neću prezirati. Nisam ja tako konzervativan. To je bila tvoja zabluda života, koja ti se osvetila. Dosta je što si ti sama patila. Sad ćeš ti mene da slušaš i svakog muškarca treba sa mnom da upoznaš jer jedan brat bolje ume da ga oceni.

Kaća se nasmeja, uze ruku svog brata i poljubi je.

– Uvek ću tebe pitati za savet.

Voja izađe iz sobe i ostade dugo zamišljen. Mislio je u sebi: *Ah, ovome nitkovu moram da se osvetim. Da ga ubijem, neću. To bi bilo glupo. Jer koliko je kriv muškarac, kriva je današnja devojka. Ona hoće da se zabavlja, voli bogatstvo. Ubiti ga neću, ali mu moram spljeskati njušku. Bar petnaest dana neće izaći iz kuće. Tužiti me ne sme jer bi to bio skandal koji bi mu pokvario brak.*

Mladi gospodičić je ležao u sobi na divanu. Imao je zavoj na licu i videla mu se modrica ispod očiju. Telefon zazvrja. On uze slušalicu. Govorio je jedan ženski glasić.

– Alo! Da li si ti, dragi moj? Hoćeš li doći, dragi moj? Zašto nisi došao posle podne? Zar verenik pa da ne održi obećanje?

On progovori iznemoglim glasom:

– Ah, ti ne znaš kakva mi se nesreća dogodila. Sudar automobila. Nisam smeo da ti kažem. Sva mi je glava u zavojima. Deset dana ne mogu da izađem iz kuće.

Muž Tatjane Vladimirovne

Kad se Tatjana Vladimirovna po drugi put probudila tog jutra, zlatne senke od elektrike nestalo je sa zida, a roznjikavu zimsku noć zamenilo je zimsko jutro kao dim, koje se provlačilo kroz prozor. Ta sivkasta boja brzo se pretvorila u mrežu, da se već mogao raspoznati i časovnik i cifre na njemu, i ona se trže kad vide da je četvrt do sedam.

A Serjoža, njen muž, tako hrče na drugom krevetu, kao da je u prvom snu.

Tatjana Vladimirovna pridiže se malo na postelji.

– Serjoža!

Ali on spava i ništa ne čuje.

Malo višim tankim glasićem, gotovo plačnim, ona opet viknu:

– Serjoža!

Serjoža se trže, promrmlja: – A!

– Ti jošče spiš! Znadeš lji katorij čas? Tri četvrti čestovo.

– A! – Opet promrmlja Serjoža, otrgnut iz najslađeg sna, ali tako krotak, miran, ponizan, dobar, progovori: – Prošči, milaja, ja zaspalsja.

Da, morao je da se uspava, juče je ceo dan radio u kancelariji, pa prekovremeni rad, pa još sinoć, doneo je kući da piše i dugo u noći pisao...

A Tatjana Vladimirovna ljutito je mislila u sebi kako se taj njen Serjoža sve tako uspava, a koliko poslova ima u kući, i posle ona sama pere sudove, ide na pijacu, kakav je on čovek, i to je sve isto toliko muški posao kao i ženski. Serjoža se uspravi, strese se od zime, kad mu bose noge dodirnuše pod, ustade, poče brzo da se oblači. Pogleda nežno svoju ženu.

– Ti prostužilas? Ja, tebja pokrju.

I uze svoja dva ćebeta, još topla, prebaci preko Tatjane Vladimirovne, ututka je sa sviju strana, i brzo izađe u kujnu. Uskoro se začu kresanje mašine, šuštanje hartije i pucketanje vatre, tako prijatno zimsko jutro. I Tatjana oseti prijatnost od onih toplih pokrivača, opruži zgrčene noge, i dođe joj da ponovo zaspi. Ali u kujni se čula vatra, zveckanje šoljica, strujanje vode u lončetu za čaj, i ona je već uživala pri pomisli na taj vrući čaj koji će joj Serjoža doneti u postelju. Nešto se smešila gledajući u jednu tačku na zidu, smešila zadovoljena prijatnim mislima, i njene lepe detinjaste, naivne, krupne plave oči, kakve imaju samo ruske žene, bile su ozarene nekom srećom.

A Serjoža je poslovao po kujni, kao najveštija devojka, nešto prao, četkao, spremio čaj i razgovarao.

– Sevodnja pervij, nado kupić čaj, sahar, biskvit...

Oh, koliko sve treba kupiti kad dođe taj prvi i primi se plata!

Tanki glasić iz sobe dodavao je:

– A što vperjod kupić, znaješ lji, Serjoža?

A Serjoža je odgovarao dubokim, tihim basom:

– Znaju, Tanjuša, ćebje galoši. A čulki ja uže palučila.

Da, on je video te čarape, tako lepe, svilene, tanke, koje je ona dobila od gospođe Jovanović za metrice.

S tom gospođom se Tanjuša upoznala i često je išla k njoj.

I opet joj se oči ozariše onom istom srećom, i ona izgovori glasno tu misao, koja ju je razveseljavala.

– Jej brat, vidal, Serjoža? Krasavec, inćeligent, kavaljer.

– Krasavec – ponavljao je Serjoža – inćeligent... Vot čaj gatov.

On je nosio šolju čaja. Tanjuša sede, podiže jastuk, nasloni se i poče da srkuće i priča dalje glasno one lepe svoje misli, od kojih su joj se oči tako svetlele.

Pričala je o tom lepom mladiću, bratu gospođe Jovanović, i smejala se i smejao se i Serjoža...

Vraćali su se oni sinoć, a brat gospođe Jovanović je pošao da ih isprati. A poledica kao staklo. Okliznu se on, a ona drž njega, okliznu se ona, a on drž za nju. I odjednom oboje padoše na led! I jedva su stigli do kuće, držeći se ispod ruke. A ona je ponavljala, kako je pažljiv, mio, uslužan, a Serjoži je bilo tako milo što je on bio pažljiv, taj lepi mladić, prema njegovoj Tanjuši.

– Priglasić lji jevo na čaj, Serjoža?

– Harašo, priglasi, milaja...

Serjoža će da kupi i biskvite, kolače, da ugosti tog pažljivog, inteligentnog brata gospođe Jovanović.

– Znaješ lji kak on zovjotca?

– Kak?

– Branko.

Iz dvorišta se začu govor.

– Dobro jutro, gospođo Cano! Jeste li poranili?

– Poranim uvek jer moj Duško juri, pa treba kafu da mu skuvam.

Tu su razgovarale dve komšike, tipografova žena Cana i narednikovica Kosa, dve mlade i lepe ženice, razgrćući lopatom sneg ispred kuće.

Na vratima se pojavi Serjoža s lopatom.

– A vi ste odocnili, gospodine Serjoža – šalila se gospa Cana. – Mi smo već razgrnule sneg.

– Zaljeju, ja bi bolia pomagal... No, to teško ženi da ustaje. Dajće menja, ja vam očistim sneg.

– A hvala, nije to tako teško – govorila je narednikovica i snažno je odbacivala sneg ispred svoje kuće.

– To treba muščini da rade a njet žene.

– Rade i oni, bogami dosta... Kuća je naš ženski posao... A gde je gospa Tatjana? Zašto ona ne ustane jedno jutro? Bogami, treba i ona da porani...

– Ne, gospoža Tatjana spava. – Nežno je govorio Serjoža, i sa svojim kavaljerstvom i osetljivošću ruskog muškarca, morao je malo svojom lopatom da odbaci snega ispred kuće i tipografove žene i narednikovice, da im bar malo kavaljerstva ukaže. Zatim se vrati u kuću, otrča drva da donese, rastrebi još nešto po kujni, trčkarao je, pogledao na sat i poslovno rastrebljivao, da bi što manje posla ostalo njegovoj lepoj Tanjuši.

Navuče svoj tanki, zimski kaputić, natuče stari, izmašćen, pohaban šešir deformisana oboda. Tanjuša ga pogleda, vide njegov šešir i uzdahnu:

– Bože, tvaja šljapa užasno pastarjela.

A Serjoža se nasmeši:

– Šta šljapa? Krasivaj ja, krasivaja i moja šljapa. Ženščini dolžni bić eljegantni.

– Kakoj že ti milij, Serjoža. Ah, čto viđela adno berce! Kak ano mnje iđot! Toljka dvadcat pljać dinar.

– Harašo, dam tebje dvaceć pjać dinar.

I to se znalo da će Serjoža da kupi i bere, kad tako lepo stoji Tanjuši i ne staje više od dvadeset pet dinara... On je zaista bio tako mio. On je sve mislio šta njoj da kupi. Prvo Tanjuši cipele, haljina, šešir, pa tek će on posle sebi, ali on nikad nije stizao sebi da kupi. Jer Tanjuši treba i puder, i ruž, i parfem, cveće, ona sve to voli, a on, Serjoža, tada je zadovoljan, kad je ona zadovoljna i čini mu se kao da je i on obučen kad je ona obučena. Zato je nosio svoj tanki, zimski kaputić, izbledeo, pohaban i sâm on je sav bio bezbojan, bez lepote, snishodljiv, ali umiljat, kavaljer, nežan taj Serjoža, Rus, muž Tanjuše, koju je voleo i zamišljao da i ona njega voli zbog tolike njegove dobrote. A Tanjuša je to znala i umela da iskoristi njegovu nežnost, s onom umiljatošću ruske žene koja voli da joj se čini (srećna kad vlada muškarcem, i ume tako slatko da kaže, kao Tatjana Vladimirovna).

– A parfjum, Serjoža, kupiš lji mnje?

– Ponjatno, kuplju – govori on i ljubi joj ručicu i usne kao uvek kad polazi i kad se vraća.

Tatjana Vladimirovna ustade, obuče se i mrzovoljno pogleda po sobi i kujni. U dvorištu se ču lupanje prostirki. Ona pogleda tipografovu ženicu Canu, lupala je jedan ćilim. Sve je na njoj drhtalo, bedra, grudi, mišice, ispod haljine od zelenog porheta s roze hrizantemama. I na snegu u toj zemskoj belini, ona je bila kao cvet, zdrava, mlada, jedra, vredna i onaj „praker" u njenim rukama mlatio je junački po ćilimu. Iz kuće narednikovice čulo se ribanje poda, i Tanjuša je znala da to riba mlada žena. Ona se strese pri pomisli na taj posao. Pogleda po sobi, vide da je pod tako prljav da bi i ono ćilimče trebalo tresti, ali ona oseti kako je sve to teško, kako ona nije za taj posao, i kako su za to sposobne samo one srpske žene koje vuku, tresu, peru, po ceo dan.

Posle sinoćnice, ona se osećala tako malaksala, lomna, umorna. Samo bi sedela i sanjala, sanjala o njemu, o tom lepom Branku.

Ostade, uze one svilene čarape, navuče ih i zagleda se u svoju nogu. Kako to lepo stoji, kako je ona toga željna. A on će joj kupiti još, on ima novaca, ne žali za nju, i haljinu će dobiti i šešir... sve što zaželi. Serjoža je dobar, nežan, on ništa ne sumnja, i ne sluti, dočekaće ga ljubazno, može svakog dana da dolazi, ništa neće reći. Ali ove žene, ovaj komšiluk, ove prostakuše, sve vrata uz vrata. Zato će ići ona k njemu, on ima svoju garsonjeru. Ali ona neće ništa kriti, upoznaće ga sa Serjožom, to je red, on treba da dođe u njihovu kuću, da popije čaj, da ga vidi Serjoža, da vidi kako je pažljiv, lep, inteligentan, da bi ona javno izlazila s njim, sa odobrenjem Serjožinim, da je ne ogovaraju kako je njen ljubavnik. Posle, šta je se tiče šta će reći, ali kad njega Serjoža zavoli, kad Serjoža sve dopušta, taj dobri Serjoža, mogu da govore šta hoće. A Serjoža je dobar, on joj veruje, on nikada neće posumnjati u nju. I ona ga zato voli, što je tako dobar i što joj veruje.

Pogleda po sobi i rastuži se. Ah, da je nameštaj malo lepši. Nego, ovaj stari kanabe, stara fotelja, ćebad na krevetu. Vide da to mora da se udesi, malo dotera i razmahnu se gospa Tatjana po kući.

A u podne Serjoža se vratio kući s platom. Zavirivao je u mnoge izloge, tamo gde su snešue, gde su šeširići, štofovi. Nosio je puno nekih malih paketića, biskvita, čaj, kolače, šećer, svrati u drogeriju za parfem, pogleda u neke kombinezone, kupi buketić mimoza i jedva se ugura u tramvaj s paketićima, radostan što će razveseliti svoju Tanjušu. Mislio je da treba lepo dočekati tog mladog čoveka, svrati da kupi i neke piroške, kupi kvasac da napravi kvas, krompirovo brašno za rusko žale i još neke ruske specijalitete kuvarske, sav srećan da pokaže onu rusku gostoljubivost domaćeg života.

Sergije Nikolajević je bio inteligentan Rus. Njegov život je bio čitava odiseja. On se premetao kroz život kao mađioničar. Bio je sve i svašta. A iz Rusije je izneo nekoliko semestara fakulteta. A posle je bio zanatlija, radnik, nosač, portir, konobar, glumac, pevač, blagajnik, bifedžija, sopstvenik mlekare, dok se nije najzad ugurao u jedno nadleštvo i svojom vrednoćom i prekovremenim radom mogao da istera toliko plate da živi kao naših pedeset od sto činovnika.

I kao činovnik se oženio mladom i lepom Ruskinjom. O njegovoj lepoti nije se moglo govoriti jer nije bio ni lepo obučen da bi mogao da istakne tu lepotu. Nije imao ni fatirana ramena, ni elegantan šešir, cipele, ni mašnu, nije imao onu razmetljivost i samopouzdanje na ulici jer je suviše prepatio, suviše se namučio, možda više bora na licu dobio nego što je godina imao, kroz vihor revolucije i borbu za opstanak. A ruski narod kao da je hteo i tu svoje kavaljerstvo da pokaže prema ženi jer je sve privilegije lepote dao njoj, a muškarcu nežnost, kavaljerstvo, snishodljivost. Oni su svi radili da bi ženu ulepšali, a da li će muškarac biti lep, to je sporedno. I Serjožu žene nisu nikad zapažale, nikad se za njim okretale. Čak ga nisu gledale kao muškarca ni one dve lepe žene u dvorištu. On je za njih bio samo gospodin Serjoža, muž gospođe Tatjane, njen obožavalac i njen pokućar. A time što je bio pokućar gubio je sve vrednosti u očima srpskih žena.

Jedne subote Tatjana Vladimirovna dočeka sva srećna Sergeja Nikolajevića.

– Serjoža, hoćeš lji mnje pazvolić čto njibuđ?

– Ino, milaja!

– Gospođin Branko kupilj dva biljeta v ćeatar i priglasil menja zavtra pajći s njim.

– Harašo, pojđi, Tanjuša. Mnje bi očenj hoćelos viđeć ćebja vesoluju.

– Ah, kakoj ti prekrasnij za menja! – uzviknu gospa Tatjana i obisnu mu se o vrat.

Sutradan oko osam uveče, dođe gospodin Branko, da povede u pozorište gospođu Tatjanu. Najljubaznije ga je dočekao Serjoža. Njemu nije ni padalo na pamet što on nije i njega pozvao. To je, najzad, glupo, to bi značilo da je nepoverljiv, da sumnja u njega i svoju ženu, da hoće da ih prati, motri na njih, i to bi bila uvreda i za njega, Serjožu, i njegovu Tanjušu. On ima nešto da piše, ostaće kod kuće, a Tanjuša je mlada, treba da izađe, da se provede, a ovo je tako divan mladić, kad toliko pažnje poklanja njegovoj Tanjuši.

On ih isprati i osta da piše.

Prošlo je skoro dva sata. Vrata na kući tipografovoj otvoriše se. Pred vratima on ču neko gunđanje i grdnju. Kao da se nešto ljutio tipograf. Vrata se zalupiše i kroz zid od svoje kujne, on ču svađu. Tipograf poče da viče i praska.

– Je li, zašto si se kibicovala u kafani, govori?

Tipografova ženica se plašljivo branila:

– Nisam, bogami, nisam majke mi, ja ne znam na koga ti misliš da sam se kibicovala.

– Šta, ne znaš, boga ti ljubim! Znaš da ću te smožditi! Da se ti kibicuješ na moje oči?! Ja se nedelju dana mučim i radim, pa nedeljom da izvodim ženu na kibicovanje. E, evo ti za tvoje kibicovanje!

I puče šamar.

Ženica vrisnu:

– Jaoj, nemoj da me biješ! Nisam kad ti kažem. Nikoga nisam gledala, ti znaš da ja samo tebe volim.

– Voliš me, je li, kao ova Ruskinja njenog muža. Videla si nju, pa hoćeš i ti tako. Ali dok sam ja živ, ti ćeš biti onakva kako ja zapovedam. Ti misliš da sam ja kao ova ruska budala, što ne vidi ništa, žena mu se vucara s ljubavnikom, i dovodi ga u kuću, a on ga dvori, kuva mu čaj i uslužuje ga. Kad si sa mnom, ne smeš nikog da pogledaš, jesi li razumela?! Neću ja da dopustim da me ti ponižavaš u dvorištu.

I opet puče šamar. Ženica opet vrisnu, on je gurnu u sobu, zalupi vrata i svađa se ne ču više.

A Serjoža je sedeo za stolom, držao pero u ruci i tupo gledao u onaj svoj tabak hartije na stolu. U ušima mu je bubnjalo: *Ruska budala!*

On steže zube, u njemu se nešto uzburka, skoči, i polete da se s tipografom razračuna. Kome on govori ruska budala?!

Otvori vrata naglo, kroči jedan korak, zastade, onaj orkan se stiša u njemu, on se vrati kući. Sede ponovo za sto, podlakti se rukom, zamisli. Kroz stisnute zube, šaputao je:

– Prigotovljajet čaj za jejo ljubovnjika.

Ustade, poče da šeta po sobi, zastade i opet prošaputa:

– Jej ljubovnjik!

Pesnice mu se stisnuše i lice iskrivi od gneva i bola. Pruži ruke, uhvati naslon od stolice, steže drvo, izdiže stolicu i tresnu njome o pod.

U tom trenutku u njemu se probudila druga ruska krajnost, teški, strašni ruski medved u onom nežnom, krotkom, blagom čoveku. Sav težak od nekog bola, pritisnut, on pođe po sobi, dođe do kreveta i sruši se na postelju. Ležao je dugo zatvorenih očiju, i nešto mu je stezalo mozak kao klešta, bȉle su mu slepoočnice, na grudima kao da je ležalo neko čudovište što mu čupa srce.

Pogleda sat.

Ponoć je bila prošla.

On se ispravi, ispravi svom dužinom, učini mu se da bi dodirnuo glavom tavanicu, učini mu se da su mu ruke beskrajno duge i on ih opruži, kao da nju traži da je ščepa, da je udavi.

Sad mu je bilo sve jasno. Predstava je završena, a gde je ona.

– Gđe ana? – dreknu kroz stisnute zube.

Utom se začu neka jurnjava po tipografovoj kući, cika, kao da je ubija. Sergije Nikolajević oslušnu.

– On ješčo ubjot jejo!

Prestrašen od te pomisli, iako je ista misao blesnula u njemu, on polete da brani ženu, polete da mu vrati one reči:

– Ja, ruska budala, a ti razbojnik.

Istrča iz kuće, dođe do vrata, taman da ih otvori, spazi na prozoru od sobe malo zavesu odškrinutu i pritrča da vidi šta se tu tako strašno događa.

Pogleda i stade iznenađen.

Tipografova ženica u kombinezonu, polunaga, bosih nogu, trčala je oko stola, sa cikom, smehom i tipograf je jurio da je uhvati. Ona je bežala, čas na jednu, čas na drugu stranu, ali on bi brži i veštiji, ščepa je u zagrljaj, zari svoje usne u njene, i ostadoše tako dugo, u jednom ludom, strasnom poljupcu, koji dolazi posle afekta i svađe kad se prašta, kad se još više voli, kad se podaje iz zaborava. Čitav minut proteče u poljupcu, a bele ručice njegove žene, oble, bele, grlile su ga, a jedna njena ruka ga je milovala po kosi.

Sergije Nikolajević je gledao zapanjen tu scenu, okrete se i uđe lagano u kuću.

– Vot, tak serbskij brak! Vibjoš ženu, a ana ćebja patom cjelujet.

I kao da oseti i on neku satisfakciju od toga i ponovi:

– Nado vibić, patom ana ćebja cjelujet.

I čisto umiren, rešen na nešto, on leže na postelju, da sačeka Tatjanu Vladimirovnu i da primeni taktiku tipografovu.

Opet je svanulo zimsko jutro, zlatna senka iščezla sa zida i mlečna svetlost probila kroz prozor.

A Serjoža spava, spava, i ne misli da ustane.

Tatjana Vladimirovna otvori uplakane oči i seti se noćašnje strašne scene. Ah, ona nije mogla da pozna Serjožu. Tako strašan, svirep. Tukao ju je, tukao ju je prvi put u životu. I sad ne ustaje, ali neće ni ona ustati. Legla je i opet zatvorila oči. Ona, Tatjana Vladimirovna, neće mu se pokoriti. Ali ona oseća da ga se boji, da je on strašan, boji ga se, kao nikad do sada. Uh, kako je bio strašan, kao zver. Ako se i sada ta zver probudi u njemu. Njoj dođe da beži, beži, negde daleko. Ali kuda? Ljubavniku. Ne, to nikad. Ona zna da je to samo njegov kapric, da će je ostaviti, a Serjoža, on je njen, on je voli, da, voli je, voli više nego onaj, nego svi, kako je voli, tukao ju je i plakao, i besneo nad njom da je smrvi, da je ubije. Oh, kako je snažan, kako je voli, kako pati. I ona ga pogleda s nekim strahom, s divljenjem, i lagano se diže iz postelje.

Zašušta hartija. Kresnu mašina. Zapucketa vatra, zastruja čaj.

Ona priđe lagano postelji i zovnu ga.

– Serjoža, milij, hočeš stakančik čaju?

Serjoža otvori oči i ne odgovori ništa.

– Milij, ja ljublju tebja.

Serjoža ne govori ništa. Ustade, obuče se. Izađe iz kuće.

Kroz dvorište je išao tipograf, a ženica, držeći ga ispod ruke, pratila ga je do kapije, gledajući ga zaljubljeno.

Tu se rastadoše i Serjoža ode u kancelariju. Imao je osmeh na licu.

Tipografova i narednikova žena opet se dadoše na posao, „praker“ je mlatio po tepihu.

A Tatjana Vladimirovna pogleda po kući i vide svu prljavštinu i seti se njegovih uvredljivih reči:

– Grjaznaja ti, i grjaznaja tvaja komnata.

Jest, đubre, đubre svuda i ona je sad videla i poče da iznosi, da lupa i čisti.

Te noći sneg je napadao i izjutra se pojavi na pragu gospa Tatjana.

Gospa Cana i gospa Kosa se tome iznenadiše: – Gle, gospa Tatjana, šta to znači, vi ste ustali? A gde je gospodin Serjoža?

– On spava. Mnogo rabotal.

– Dabome, i treba da spava, on je ceo dan u kancelariji.

I tako gospa Tatjana preuze srpski običaj, ona ustaje, a on spava. Ali jednog dana bila joj je u poseti stara ruska dama Ljubov Petrovna. Žalile su se jedna drugoj. Ljubov Petrovna na svog sina Kolju.

Ah, kako je strašan taj njen Kolja! Neće sâm da uzme vodu, traži cipele da mu se čiste i izbio je jednu devojku koja je zaljubljena u njega. A ona plače i opet ga voli. I tako drsko govori ocu i majci, da kad se on oženi u njegovoj kući neće biti ženska vladavina nego muška.

Tatjana Vladimirovna uzdahnu. Da, tako je. I nju je izbio, a ona ga voli, i čini joj se da ga baš od toga dana voli, i prošaputa:

– Serbski muščinji isporćili naših ruskih.

I Ljubov Petrovna je klimala glavom i potvrđivala da su, zaista, srpski muškarci iskvarili njine Ruse.

I s proleća se Sergije Nikolajević pojavio u novom odelu s novim šeširom, kicoški nakrivljenim.

Gospa Cana i Kosa zastadoše iznenađeno.

– Gospodin Serjoža ju, kako ste se doterali, ne možemo da vas poznamo.

A Serjoža došao veći, snažniji, lepši, čak i mangupski pogléda, nasmeši se na lepe komšike, one pogledaše za njim, i toga dana, prvi put, videše da je gospodin Serjoža lep čovek i pravi muškarac.

Poručnikova violina

Koka ulete u razred sva zadihana, zbog preskakanja po dva stepenika, u dva skoka se nađe na katedri, ču se pljesak lenjira i jedno „Mir“, i autoritativnim glasom viknu:

– Deco, trčite na prozor da vidite preko puta jedno čudo!

U razredu se napravi lom, sve poleteše kao vrapci, ispod klupa popadoše knjige, beleške, pisaljke, i za tren oka od tri prozora na učionici osmog razreda ženske gimnazije napraviše se tri nasmejane ogromne „anziskarte“, s vragolastim, čupavim i grguravim glavicama, i trideset pari očiju upraviše se preko puta sa istim sjajem i osmehom, kao u kakvoj reviji.

A vizavi, na prozoru, u sobi za samce, stajalo je čudo – divan plavi poručnik.

Ah, soba za samca preko puta učionice maturantkinja! Ništa privlačnije za muškarca, i ništa opasnije za maturu.

– Joj, što si bajan...

– Baš si cakan...

– Deco, držite me da ne padnem u nesvest...

– Uh, ja ću se zaljubiti...

Ali šteta, plavi poručnik to ne mogaše da čuje, samo se ispravi na prozoru, prekrsti ruke, a njegove oči, polunasmejane i polusanjalačke, govorile su: „Uh, da imate jedna usta, pa da vas sve poljubim.“

Zvonce odjeknu i jato maturantkinja prhnu s prozora, a Malvina, najkrupnija i najsnažnija maturantkinja, seljanka rumenih obraza, vunaste kose i obrva i bezazlenih očiju, priđe ikoni Svetoga Save, prekrsti se i progovori: „O, Gospode, ne dovodi nas vo iskušenijè, no izbavi nas ot zla...“

Ali ja vam kažem, deco, ovo je veliko iskušenje pred maturu, ovaj poručnik.

Nastavnica književnosti uđe u razred, stroga, neumoljiva i starovremska, s punđom na vrhu glave, kao prevrnutim lastinim gnezdom, zakoluta očima po razredu i poče da proziva.

A za to vreme Anđica, blondina crnih kadifenih očiju, najkoketnija i najslobodnija učenica, crta srce na svojoj istoriji književnosti. Slavica, njena konkurentkinja u prevlast najlepše maturantkinje, krupnih crnih očiju, kao srce u japanskog suncokreta, i alevih usana, sanja o poručniku, i misli na Anđicu, koja stanuje s leve strane njegove kuće, i nešto joj zbog toga krivo.

I na svakoj klupi kao da stoje naslikane plave oči koje se smeše i mame misli od literature.

Pred izlazak iz škole naročito udešavanje, zagledane u ogledalce, krišom mazanje ružom, lako prevlačenje rumenim prahom preko svežih obraza.

Šteta, poručnik nije bio na prozoru.

Sutradan su ga opet videle, i prekosutra, a kada ga ne vide, one ga čuju, zveket njegove sablje i mamuza, ili topot konja, najpre šetnja s konjem, dok on strpljivo udara kopitama o kaldrmu, a posle jedan brzi galop...

I dok nastavnik priča, one vide plavog poručnika, visokog i vitkog, elegantnog na konju, i mala srca lako uzdišu.

Jedna subota posle podne...

Čas francuskog jezika mlade nastavnice. Nešto prevode. I tek lagano poče violina da svira. Nastavnica podiže glavu, učenica prestade s lektirom, nastade tajac.

A violina tužna, i plaču tonovi na pozicijama, oh kako nešto tuguju, pa se rastuži i razred, zanese i mlada nastavnica, i čas francuskog pretvori se u čas sviranja.

Nastavnica se prva povrati, ali nekako se ni njoj ne govori više, a violina svira i tuži.

I posle nedelju dana znale su celu biografiju poručnikovu, preko Koke, koja je sedela u istom dvorištu. Ona se prva upoznala s njim, i ona je centar pažnje u razredu, izveštajni biro, i na odmoru sve su skupljene oko nje, da čuju novosti o lepom poručniku, koga prozvaše vitez D'Artanjan. A Koka, sva u entuzijazmu, sva idealistkinja, koja sve vidi ulepšano i za koju je svaki muškarac „bajan", pričala je o poručniku.

„Svira violinu, piše i pesme, načitan, inteligentan, lepe zube, ah, zanosne plave oči..."

Samo nije znala da kaže da li je zaljubljen.

Pa i ako nije, on će se sigurno zaljubiti sada, kada gleda to jato lepih devojčica. A one će se već upoznati s njim. I Koka je priredila žur, i na žuru se pola osmog razreda upoznalo s D'Artanjanom.

Ah, poručnikova violina zadala je ljubavnu strelicu svakom srcu. Svirao je bolnu Ernstovu elegiju, stojeći, čas zanesen svojim sviranjem, kao da je sâm u sobi, a čas se zaustavljao pogledom na jednoj, drugoj, i svim redom, i kako koju pogleda, zatreperi joj srce i ona misli: „Ah, što bih volela da se u mene zaljubi..."

Ali na to su polagale najveće pravo Anđica i Slavkica.

Sad i one prirediše žur, i na oba žura dođe poručnik s violinom. Nastade pritajena ljubomora između njih dveju, i svaka je tražila prijateljstvo Kokino, da preko nje doznaju o osećanjima lepog poručnika, a Koka ih je lagala jer je i ona bila zaljubljena kao prva komšinica, ali je to krila, i čas je govorila Anđici:

„Kaže da imaš divne oči..." A kada ona ne čuje, šapuće sa Slavkicom: „Jutros te je pozdravio..." I one su tada nešto razdragane, zbog tih uzbudljivih i slatkih Kokinih saopštenja i laži.

A s njima zajedno polude i mlada nastavnica francuskog jezika. Jer kao za pakost, violina svira uvek subotom, baš kad je čas francuskog jezika.

I samo li počne Ernestova elegija, nastavnica govori: „Deco, sad ćemo diktat."

I za to vreme šeta po razredu, ali za njom šetaju ljubomorni pogledi učenica, i tek šapat: „Vidi, vidi, ona je čak kod prozora, hoće da vidi D'Artanjana."

I kakav diktat. Aksont „egi" i „graf" prevrtali su se čas levo, čas desno. Sva vremena pretvoriše se u način neodređeni, i violina poručnikova svira i šapće: „Ah, zlatne devojčice, kako vas volim", a sintaksa i gramatika plaču: „Ah, zlatne devojčice, popadaćete sve na maturi."

Ceo razred ipak nije bio zaljubljen u D'Artanjana. Nastade sukob dveju grupa. Jedne su volele oficire i njih su pozivale na žureve; druge su ostale verne svojim kolegama maturantima. Najveći protivnik poručnikov bila je Olgica, devojčica slatka ali kapriciozna, ozbiljna, najbolji đak u razredu, skromna koliko i lepa, brineta plavih očiju, kao zalutalih na tom garavom licu, sa šubarom guste, razvitlane, grgurave kose, malih rumenih usana, okruglih i napupelih kao dva šipurka.

Ona nije htela da se upoznaje s njim, niti je posetila ijedan žur na kome je bio D'Artanjan s njegovom violinom.

I kad bi se posle žura šaputalo o njemu, u malim grupama, koje su za vreme odmora sedele na klupama, Olgica bi se ironično nasmejala: „Koliko važnosti pridajete tom poručniku..."

Njemu saopštiše to da ga Olgica ne trpi, i on, kao u inat, uvek ju je gledao kad su se sretali poneki put, kad ona ide u školu, a on u kasarnu. I dok je ona prolazila pokraj njega, dižući glavu i svoj pikantni nosić, ljutitih očiju koje su gledale nekud pravo, on je išao lagano, usporavao hod, ukoliko je ona ubrzavala svoje korake, i gledao je lepim plavim očima, malo nasmejanim i melanholičnim ispod zagasitih braon obrva i dugih braon trepavica. Ali ona nije htela nikad da ga pogleda i ako im se, slučajno, sretnu pogledi, ona je brzo okretala svoje oči, a plamen bi prelio njene obraze, plamen ljutnje... ili ko zna čega.

A on bi zastao, okrenuo se za njom, pogledao njenu ljupku siluetu, fino izvajane listove, okrugla bedra, koja su se njihala i brzo udaljavala.

Ah, da prkosne devojčice! Ni da pogleda, ni da se nasmeši, ni da se okrene.

Olgičino neprijateljstvo ipak nije bilo tako strašno kao Gige maturanta.

Giga je bio zaljubljen u Anđicu, i ona ga je vrlo rado gledala, sačekivala na prozoru kad se njenom ulicom šetao, sve dok se ne pojavi taj prokleti poručnik, tu u njenom susedstvu.

Giga je bio besan i strašan, onako crnomanjast i crnpurast, duge pesničke kose, plamenih očiju, bradat iako obrijan, usled te prevelike kosmatosti, da je uvek izgledao u žalosti jer bi i ispod brijača koža crna ostajala, kao da je imao prilepljen flor na obrazima.

Bio je pesnik, vrlo inteligentan, raspoložen više prema književnosti nego matematici, slobodouman, cinik, ironičan i prilično drzak.

Poručnika nije mogao očima da vidi, i svake subote šetao se ispred njegovih prozora, kao da je šiljbočio da ga spreči da baci svoje ljubavne strele na maturantkinje. Ali nije mogao da ućutka njegovu violinu, koja je slala svoje uzdahe osmom razredu i njegovoj Anđici.

I zato se reši na osvetu.

Jednog jutra klasna uđe u razred sva narogušena, pogleda preko po učionici i njen ledeni glas poče da tušira razred:

– Vi se ne ponašate kao učenice, već kao obične devojke... (htede reći „sokačare", al se uzdrža), da su građani primorani da nam pišu dopise o vašem rđavom ponašanju, i to baš u učionici, na prozoru. Slušajte ovo pismo:

Gospodine direktore, jedan prijatelj, kome leži na srcu napredak škole, savetuje vam da vodite malo više računa o maturantkinjama, i da im zabranite da se kibicuju s jednim poručnikom preko puta škole jer je sramota to šta one rade...

Učenice su ćutale oborenih očiju, a kad klasna ljutito izađe, Koka skoči na katedru:

– Deco, znate li ko je taj prijatelj kome leži na srcu napredak škole?

– Ko? – dreknu ceo razred, spreman da ga rastrgne.

– To je – Giga...

Sutradan svi su prozori bili zamazani kredom, učenicama najstrože zabranjeno da se o odmoru zadržavaju u učionici, i klasna je stalno obilazila razred.

Giga je trijumfovao, i Olgica je bila zadovoljna.

Ali kod Anđice sklopiše zaveru protiv Gige.

Posle tri dana direktor muške gimnazije dobi ovakvo pismo:

Gospodine direktore,

Nekoliko učenica gimnazije primorane su da vam se žale na neučtivo ponašanje vaših đaka, naročito maturanta Gige N..., koji im stalno dobacuje i vređa ih. A da biste se uverili, prošetajte subotom posle podne oko tri sata, pa ćete ga naći pred ženskom gimnazijom kako šeta i čeka učenice kao u zasedi.

I prve subote, baš dok je Giga šetao ispred prozora poručnikovog, i zadovoljno gledao u zamazane prozore, s cigaretom u ustima, pojavi se direktor, strašni direktor, priđe mu vučjim korakom iza leđa, u trenutku baš kad on povuče duboko svoju cigaretu, i viknu: – A šta ćeš ti tu? – Giga zaneme, htede da proguta dim, zagrcnu se, opeče ruke cigaretom... i ostade zabezeknut.

– Sutra u osam da mi se javiš u kancelariju.

I Giga se više ne pojavi pred gimnazijom, već zauze drugu busiju, na jednom ćošku, on tu sa svojim drugovima, maturantima, a na drugom ćošku poručnik i njegovi drugovi.

Što su mrzeli maturanti oficire, sve zbog osmog razreda.

Pa naročito one nedelje kad maturantkinje idu u crkvu.

Na oficirskom ćošku poručnici, u crnim mundirima, paradni, obrijani, napuderisani, pa te njine uniforme, eto, samo zbog tih uniformi vole ih ove „guske", kako je Giga ironično zvao maturantkinje. Zato je uvek ćošak maturanata zauzimao neki ratoboran i izazivački stav prema oficirima.

Jedan sukob u osmom razredu ženske gimnazije još više razbesni Gigu.

U đačkoj družini čitala je svoju pesmu Olgica, i Anđica je uzela da napiše kritiku. Nekako su doznali da je poručnik čitao pesmu, i grupa koja je bila uz maturante napade Anđicu da je poručnik napisao kritiku. Čitava bura u razredu. Anđica priznade da je on čitao pesmu, ali da nije napisao kritiku. To čuše i muški maturanti i izneše čikarmu osmom razredu, da će oni birati poručnika za počasnog predsednika njihove literarne družine.

I Gigina mašta se raspali.

Jednog dana Anđica dobi pismo:

Mala moja, čekaću vas u parku, u aleji s leve strane, u tri sata posle podne. Molim vas, ponesite vašu opštu istoriju jer mi je nešto potrebna.

Vaš D'Artanjan

U tri sata Anđica je žurila kroz aleju, uzburkana srca, sva u slatkoj tremi, sa Zečevićevom kupusarom u ruci.

Kad u istoj aleji, na klupi sedi Slavkica, sa istom kupusarom.

Anđica stade, Slavkica ustade, pogledaše jedna drugu, zatim u istorije, i odmah im bi jasno da je to ujdurma.

Ujdurma Gigina.

A iz šipražja se pojavi jedna kosmata crnomanjasta glava i razleže se kikot: Ha, ha, ha... i mišlju i personom uspravi se Giga.

Uvređene i ponižene, one se obe ustremiše na njega kao osice, i Anđa ciknu.

– Bezobrazniče jedan, to si ti što nas ismejavaš. E znaj da te ne volim, nije samo da te ne volim, nego te mrzim, jeste mrzim. I znaj da si mi najodvratniji od svih đaka.

I ovako zajednički pobeđene i uvređene, one osetiše simpatiju jedna prema drugoj, zaboravljajući na jedan mah ljubomoru koja ih je delila omrazom, uhvatiše se ispod ruke i sa Zečevićevom istorijom, levo i desno, odjuriše niz aleju, brzim korakom.

A Giga ostade, drzak i ciničan, nasmejanih očiju, a kad se one udaljiše on se uozbilji, rastuži, zamisli, sede na klupu, i ta radost koju je osećao da ih ismeje prođe mu, iščeze, i on oseti da mu nešto steže, zgrči srce, a taj bol dolazio je zbog onih reči koje Anđica prosikta: „Mrzim te... mrzim."

I njemu dođe teško, žalost ga obuze, diže se s klupe, sakri u žbun, zaplaka, zajeca od ljubavi. Zašto, zašto ga mrzi kad on nju voli, piše joj pesme, samo misli na nju, na onu njenu plavu kosu, na somotske oči. Ah, on ne može da živi bez nje, on će umreti, ubiće se. Da, ubiće se. Sede na travu, izvadi iz džepa perorez, otvori ga, zagleda oštricu, i prinese žilama leve ruke, onde gde bije puls. Eto, tu će da preseče žile... i krv će jurnuti, on će se onesvestiti, naći će ga mrtvog... I Giga vide već sebe mrtvog. Nose me kući, a tamo kuknjava. Osmi razred ženske gimnazije sav poražen. Jedna učenica ulete i viče kroz plač: „Giga se ubio, presekao žile..." Njegovi drugovi ožalošćeni, besni na Anđicu, grde je: „Ona ga je ubila..." I direktor utučen, govori u kolegijumu: „To je bio inteligentan đak, šteta što smo ga izgubili." I Giga vide svoju pratnju, učenice idu pokraj kola, jedan drug mu drži govor: „On je bio ponos naše škole, najinteligentniji đak, talentovan... dobar drug..." I Giga se zaplaka, plače i jeca zbog svoje smrti. A ona, Anđica, biće nesrećna. Sve će je učenice grditi, i omrznuće poručnika.

Ali kad spomenu poručnika, on se trže, otrezni, razbesni: *Da se ubijem, šta, zbog poručnika da se ubijem! E baš neću!* I Giga ščepa perorez i – podreza pisaljku.

Opet je besan, ironičan, drzak.

Ah, osvetiću se ja tom poručniku. Satreću ga. Zapamtiće on ko je Giga.

I poče da smišlja osvetu, a njegova mašta se opet raspali.

Napisaću pismo armijskom generalu:

> *Gospodine generale,*
>
> *Poznavajući vas kao strogog vojnika, učtivo vas molim, da uzmete na raport poručnika N. N. koji stanuje preko puta ženske gimnazije, a tu je naročito uzeo stan da bi mogao da zavodi učenice, što revoltira celu ulicu. U interesu je morala vojske da ga kaznite i naredite da se iseli iz tog stana.*

A, tako ću ja tebi doskočiti, misli radosno Giga. *A potpisaću se: „Jedan stari profesor".*

Giga je sav blažen. Vidi starog generala u njegovoj kancelariji kako naređuje: „Zovnite mi poručnika tog i tog." Poručnik ulazi, sav drhti, a general ga meri od glave do pete i grmne: „Jeste li vi taj poručnik što se vrzma oko ženske gimnazije i sablažnjava učenice?"

A on zort!

„Molim, gospodine generale, ja sam slučajno uzeo stan preko puta gimnazije."

„Kako slučajno!", grmne general. „Danas se imate smesta iseliti iz tog stana. Jeste li razumeli?"

„Razumem, gospodine generale."

Ah, kako se nisam toga ranije setio! I Giga skoči sav razdragan i odjuri da izvrši svoju osvetu.

Sad, da li je napisao ili nije, to ostade Gigina tajna, ali poručnik osta i dalje vizavi osmog razreda, ali pola razreda rasplamti ljubavlju za vitezom D'Artanjanom. Anđica i Slavkica postadoše krvne neprijateljice, a violina uvek svira. Poručnik isprаća devojčice do kuće... i krišom, čas sa Anđicom, čas sa Slavkicom. I tako sve do mature. Na maturi Anđica bi odbijena na tri meseca, Slavkica jedva pređe, a Olgica bi oslobođena usmenih ispita.

Anđica nije očajavala, već se u sebi nadala: *Udaću se za lepog poručnika.*

On će me sigurno zaprositi, s čežnjom je ponavljala Slavkica.

Ah, uverena sam da samo mene voli i da ću se ja udati za njega, mislila je Koka.

I tu slatku želju – brak – sve tri su gajile u sebi.

Bilo je mesec dana posle mature. Koka uzrujano izlete iz dvorišta, odjuri Anđici i zaplamtele i uzbuđene odjuriše Slavkici. Još s vrata obe povikaše očajno:

– Zamisli, Olgica se verila s vitezom D'Artanjanom.

I sve tri se srušiše na divan i zajecaše od bola, ne skrivajući jedna od druge da su ga volele, i besne više na Olgicu, „pritvornu, lukavu i podlu, koja se tako vešto pretvarala", nego na poručnika, sa zaljubljenim očima a nestalnim srcem.

Giga je opet trijumfovao, ali se nije mogao načuditi lukavstvu Olgice, koja je tako vešto simulirala antipatije prema poručniku. I taj njen postupak otkrio mu je dušu žene, kojoj nikad ne treba verovati.

Sad je smatrao za svoju dužnost da uteši Anđicu i ironično i drsko joj govorio: „Nemoj da plačeš, ja ću kupiti jednu drombulju, pa ću svake večeri da ti sviram pod prozorom, a ti ćeš zamisliti da je to poručnikova violina i Ernestova elegija."

A Anđica na to planu.

A kad se noć spusti, plaču kadifene oči lepe plavuše.

Plaču i oči kao srce japanskog suncokreta.

A dva zalutala, plava oka, ispod razvitlane crne kose, smeše se zaljubljeno u zagrljaju poručnikovom.

– Lukava, prkosna devojčice, zašto me nisi nikad pogledala?

– Zato što sam te volela, mnogo, još od prvog dana.

I donese pesmu, ispisanu jedne noći.

„Poručnikova violina", punu ljubavnih uzdaha i želja.

A plavi poručnik pročita pesmu, zagrli devojčicu, zarobi njene usnice kao dva šipurka, i u njegovim očima verenica pročita puno strasnih želja i slatkih obećanja.

Četiri noći u furgonu

To je bila poslednja kompozicija teretnog voza koja je evakuisala bolnički materijal engleske misije. U jedan od tih furgona pretovaren balama vate i zavoja, ugura se čitava grupa izbeglica. To su bili oni poslednji koji su se junačili, verujući da će i ova 1915. godina biti kao četrnaesta, da će neprijatelj pregurati jedan deo teritorije i onda biti junački odbačen. Ali kad se približila topovska grmljavina, kad je već i artiljerija odstupala, i kad su osetili da će se uskoro granate rasprskivati nad njihovim glavama i domovima, i oni hrabri kretoše u bežaniju. Kuda? Ni sami nisu znali. Samo da ih voz odvuče dalje od tog pakla koji se pripremao.

Jedva se uguraše u furgon i rasporediše po balama, kao po nekim utvrđenjima. Bila je tu jedna starija gospođa u crnini sa sinom maturantom i jedna nastavnica crtanja sa sestrom, devojčicom. Na jednoj bali, kao orao, sedela je krupna starija devojka sa ogromnim šeširom i belim velom preko njega zavezanim ispod brade i s malim kučetom. Imala je na sebi elegantan svileni mantil i njena toaleta pristajala bi prvoj klasi. Zato je bila vrlo komična na balama vate. Jedna mlada, vrlo lepa udovica, krenula je s velikim koferom, koji je u furgon ubacio student, bolešljivi mladić koji je žalio što je nesposoban i nije u redovima vojske. Pored njih je bila i jedna gospođa s ćerkom studentkinjom.

Namestiše se tako svi na bale i očekivahu polazak voza. Prođe jedan sat, dva, tri, četiri i tek posle pet sati čekanja, oko četiri po podne, krenu voz sa stanice.

Jesen na sve strane i jesen u srcima. Kao da su opustela sva sela. Sva jesenja lepota, boje, žuto i crveno lišće, dobilo je umirujući ton, kao da se nešto gasi, ne u prirodi, koja će se obnoviti, već radost i život. Na jednoj kosini, prema zapadnom rumenilu, stajao je vojnik s puškom. Kao od bronze, nepomičan, ukočen, pogleda uperena negde u daljinu. Voz juri pokraj sela, pokraj zabrana, brda, a za vozom grmljavina topova, podmukla, a začuje se i buka aviona na borbenom zadatku.

U furgonu već je mrak. Neko se seti, izvadi svećicu i zapali je.

– Neka gori dok večeramo – reče gospođa u crnini.

Izvadiše iz svojih korpi, bošči i zembilja što su poneli za jelo.

Gospođa u crnini uzdahnu:

– Šta sam dočekala pod starost, kuću da napuštam. Sve će Švabe razneti.

– Zar vi mislite da će oni doći do naše varoši? Sumnjam – reče gospođica s velikim šeširom.

– Odsudna bitka biće kod Bagrdana – primeti znalački student. – Tu će naši da ih sačekaju i potuku.

– Mama! – uzviknu studentkinja. – Znam šta si zaboravila da poneseš! Tatino ordenje... To je trebalo da ponesemo.

– Vratićemo se mi, sine, ne brini za ordenje...

– Dokle vi idete? – zapita lepa udovica.

– Ja do Niša, dalje neću – reče nastavnica crtanja.

– A ja ću sa sinom do Vrnjaca, tamo mi je ranjeni brat u bolnici.

– Kad ti mene nisi pustila u komite! – ljutio se maturant.

– Kakve komite! – obrecnu se mama. – Dosta smo mi dali žrtava u srpsko-turskom ratu, muža i sina – reče žena i zaplaka.

– Vi komita? – nasmeja se lepa udovica. – Što ne rekoste u dobrovoljce?

– Ne, gospođo, ja sam želeo da budem komita. I uveravam te, mama, da me ništa neće zadržati da i ja ne stupim u borbu.

– Jaoj, Miko, ti ćeš me prosto u grob oterati. Zašto da se ti biješ kad nisi vojnik, nisi regrutovan? Dosta što su ti otac i brat poginuli.

– Nemoj biti, mama, tako malodušna. Treba da budeš kao mati Graha u starom veku, koja je govorila sinu ispraćajući ga u boj i pokazujući mu na štit: „Vrati se s njim ili na njemu", to jest pobedi ili neka te donesu mrtva. A ti mi ne daš da se maknem od tebe...

– Jest, gospodine! – uzviknu studentkinja, čija je grupa bila istorija – mogla je to da govori mati Graha, kad se ratovalo kopljima i strelama, i dovoljan je bio štit da se sačuvaš od strele, i kad su ratovi bili pustolovine, ali danas, kad je rat krvoproliće, i kad vas jedna granata nađe i na deset kilometara, majka ne može tako da kaže sinu.

– Dabome, gospođice, kako bi kazala: idi da pogineš. Nema nijedne majke danas koja želi rat, ovako strašan rat.

– Ali to ne znači da današnje majke nisu hrabre, samo su humanije – nastavi studentkinja – jer su ratovi strašniji.

– Za mene rat nije strašan – uzviknu oduševljeno maturant. – To je samo za vas žene. Ja sam oduvek voleo da čitam o ratovima i velikim vojskovođama.

– I ja isto tako – uzviknu lepa udovica. – Najviše su me zanimali Napoleon i njegove avanture. Čitala sam, u svakoj zemlji koju je osvojio imao je ljubavnu avanturu.

– Mene Napoleon ne interesuje kao ljubavnik, već kao vojnički genije i vojskovođa.

– A u čemu vidite veličinu Napoleona kao vojskovođe? – pitala je studentkinja.

– U koncentraciji vojske. Na tome se i zasnivao njegov uspeh. On nije delio armiju na više frontova, već bi koncentrisao svu silu na jednog protivnika i potukao bi ga, a posle bi udario na druge.

– Mislite li da bi se i danas moglo tako ratovati?

– Ne bi. Onda nije bilo železnice i svi su pohodi bili pešački.

– A je li Napoleon bio mnogo ljubomoran na Žozefinu? – pitala je udovica, odozgo sa svoje bale.

– To ne znam – odgovori maturant.

– Sejo, daj mi još malo pogače – zatraži devojčica od sestre nastavnice.

– Evo, dušo, uzmi od moje pogače – ponudi gospođa u crnini.

– Bože, ovaj voz kao da mili – reče student.

– Gde smo to sada?

– Prošli smo Lapovo.

– Ovo kao da se voz zaustavlja a nema stanice. Šta li je to?

Voz stade. Stajali su pola sata, posle krenuše i dođoše do jedne seoske stanice. Tu se voz zaustavi. Stajao je, stajao, čekanje se oteže u večnost.

Izađu student, studentkinja, maturant, pitaju vozovođu, a on odgovara da je dobio naređenje da voz stoji dok se ne javi da je pruga slobodna...

– Uh, što je ovo dosadno – reče gospođica s pudlicom.

– Da može čovek bar da se opruži.

– Hajde, deco, da mi ove bale lepo rasprostremo i napravimo za spavanje – reče gospođa u crnini. – Miko, sine, hodi da nam pomogneš.

Dođoše maturant, student, svi se dadoše na posao, da raspodele bale.

– Tako sad ćemo da se opružimo.

– Koliko je sati?

– Dvanaest i četvrt.

– Do sutra ćemo sigurno stići u Stalać. A vi, gospođo, dokle idete? – upita nastavnica lepu udovicu.

– Ja ću u Skoplje.

Žene zauzeše mesto, a muškarci su ostali još da se šetaju ispred furgona.

Nikom se nije spavalo. Jesenja hladna noć uvlačila se u furgon i neka jeza se uvlačila u sve. Neke putnice bile su opružene, s rukom ispod glave, neke u poluležećem stavu s boščom ili koferom ispod glave.

– Eh, samo žalim što sam mačka ostavila – uzdahnu lepa udovica. – Tako je lep, kao tigar.

– A meni ostalo drugo kuče. Ovo sam povela a drugo ostade, neće da ide.

– Pa i gde biste s dva kučeta? – reče nastavnica.

Mila bela pudlica, sklupčana na bali, najednom zareža. Jedan veliki seoski rundov prođe pokraj furgona i ona ga spazi na svetlosti sveće.

– Miko, hajde unutra, nemoj da nazebeš.

Uđoše i oni. Voz neprestano stoji. Svećica treperi. Ču se huka aeroplana. Kondukter požuri.

– Gasite sveću, neprijateljski avion.

Na stanici se sve zamrači.

Brujanje prohuja nad vozom i izgubi se. Svi osluškuju i ćute.

– Eto šta je moderan rat – reče student. – Sad da je pala bomba, svi bismo izginuli.

– U tome i jeste strahota rata, što civil strada kao i vojnik – primeti studentkinja.

– Ja se nimalo ne bojim smrti – uzviknu maturant.

– Nemoj, Miko, samo o smrti da mi govoriš.

– Kad bi znao koliko je užasno kad se rasprsne bomba! – reče gospođica s pudlicom. – Pred mojom kućom je pala...

– Koliko je sati?

– Tri.

– Uh, da li ćemo krenuti?

– Šef kaže tek u zoru.

Svanu. Svi bledi, neispavani, prozebli. Po odelu vata kao pahuljice snega. Pramenje i po kosi. Niko i ne misli na puder. Tamni podočnjaci svima oko očiju. Dama u crnini izgleda još tužnije. Vidi se da je od žalosti ostarela pre vremena. Seda kosa spušta se kraj pravilnog profila i daje joj izgled neke simbolične tuge. I pogled joj je uveo, i glas usahnuo, tih, mekan, tužan, od mnogo plača i uzdaha. Nastavnica crtanja popravi svoje pužiće od kose na ušima. Imala je krupne crne, tople oči. U tom bledilu jesenjeg jutra samo su se crvenile sočne usne udovice.

Pred stanicom se sakupio svet, seljanke, tu je i šef i neki seljaci. Jedno seljače, dečak od tri i po godine, u pamuklijici i čakširama, zaplače.

– Šta je malom?

– Izgubilo se, našli su ga na drumu.

– Sigurno, bežanija... Ah, jadniče.

– 'Ocu kod mame – plakalo je seljače.

– Pa gde ti je, sine, mama...

– Otišla...

I opet udari u jecanje.

– A imaš li tatu?

– Ima.

– Gde ti je tata?

– Otisao u lat!

– U ratu mu otac, siroče. Sav je promrzao. Neka ga neko uzme.

– Dajte ga meni – reče jedna seljanka. – Ajde, sine moj, da ti dam mleka...

– Ocu kod mame! – plakalo je seljače.

– O, crna ti majka, sad kuka za njim i traži ga. Odakle li je?

– Ko zna odakle je. Koliko je begunaca ovuda prošlo. Možda je ispalo iz kola.

Seljanka ga uze u naručje i ponese, i još se čuo njegov plač i reči: „Ocu kod mame!"

A voz neprestano stoji.

– Nikad nećemo krenuti.

– Kako je hladno.

Poče izmaglica da sipa.

– Da je sad jedna crna kafa...

– Ja imam kafu i špiritus. Dajte taj sanduk da stavim primus.

To je nosila majka studentkinje.

– Ah, kako će nam prijati vruća kafa!

Prođoše dva, tri seljaka pokraj voza. Zaviri i šef stanice.

– Gospodine, kad ćemo krenuti? – graknuše iz furgona.

– Ne znam ni ja. Kad dobijem naređenje.

– Pa hoće li to skoro?

– Ništa vam ne mogu reći. Pruga je zakrčena.

– Izvolite, gospođo, kafu – ponudi mati studentkinje gospođu u crnini.

– Hvala, gospođo.

– Ala vam je izgaravio veo! – reče nastavnica gospođici s pudlicom.

– Vidite kakve su mi ruke. Da je da se malo umijemo.

– Ej, prijatelju! – poviče studentkinja jednom seljaku. – Možeš li malo vode da doneseš?

– Evo, ovde je šmrk – predloži maturant.

– Jaoj, kakva sam od ove vatre! – nasmeja se lepa udovica.

– Dopustite da vas malo očistim – predloži maturant.

– A, to vi, komita!

Crnomanjasti čovek, živih, pokretljivih i malo podmuklih očiju, koji je sprovodio bolnički materijal i putovao u drugom furgonu, zastade pred vratima njihovog furgona i nasmeja se.

– O, ovde ima lepog društva!

Žene se uozbiljiše i hladno ga pogledaše.

– Voz kreće, u kola, gospodo! – viknu kondukter.

Ustumaraše se svi, a šef izađe da isprati kompoziciju.

– Hvala bogu – reče gospođa u crnini. – Da se prekrstim da ne bismo opet ovoliko čekali.

Prođoše dve stanice i opet stadoše.

I ponovo čekanje...

– Ovo je strašno, kad ćemo stići?

– Koliko je sati?

– Jedanaest.

– Gospodine kondukteru, koliko ćemo čekati?

– Ne znam, gospođo.

Seljanke naiđoše s vrućom projom i sirom. Oni pokupovaše. Jedno seljače nudilo je pečene tikve.

– Kako je sad sve slatko.

– Čujete li vi nešto?

– Šta?

– Topovi.

– Jest, čuje se. Izgleda da su blizu. Samo da ovaj voz već jednom krene.

Ali voz ne kreće. Dođe podne, pa tri sata, četiri. Dosada, tuga, hladnoća... Više se nikom ne razgovara.

– Čekajte da bacim karte – reče gospođica s pudlicom.

Ređa i broji.

– Jedan, dva, tri, četiri, pet: veliki put; jedan, dva, tri, četiri, pet: i na tom putu neprijatelj; jedan, dva, tri, četiri, pet: jedna žena je u opasnosti, udovica. Šta će sad ova udovica?

– Pa to smo mi, gospođice, žene bez muževa, bez sinova.

– Jedan, dva, tri, četiri, pet: ovu ženu nešto očekuje, u tajnosti, neka radost, veliki događaj.

– Pa to, ako naši potuku neprijatelja.

– Zar vi verujete u karte? – nasmeja se student.

– Bogami, još kako mogu karte da proreknu...

Gospodin s podmuklim crnim očima opet proviri kroz vrata furgona.

– Hoćete malo engleskog peksimita?

– Ako imate?

On donese velik paketić i žene podeliše u furgonu. Čovek sede na ulazu u furgon.

– Vi sprovodite bolnički materijal?

– Jeste – odgovori gospodin s prečanskim naglaskom.

– Vi niste Srbijanac?

– Nisam, ja sam iz preka.

– A kakvi su vam to ožiljci na licu? Je li to iz rata?

– Ne, to je od boksovanja. Ja sam bio bokser u Americi.

– U Americi!

– I s engleskom misijom sam došao u Srbiju.

– Bokser! – začudi se devojčica. – A umete li sada da boksujete?

– Kako ne bih umeo?! – on steže šaku, razmahnu, udari po sanduku i provali dasku.

– Čekajte da vidim mogu li ja! – uzviknu maturant. Razmahnu rukom, udari u drugu dasku, ali je ne provali.

Bokser se nasmeja.

– Šta vam ja sve nisam radio po Americi. Bio sam i igrač, moler, obućar, zidar, glumac u muzikholu.

– Apaš! – nasmeja se maturant.

– E, samo to nisam bio.

– Jeste li se obogatili?

– U Americi se ne bogati samo tako. Trošio sam mnogo, kupovao odela, kladio se na trkama...

– A kako ste dospeli u tu misiju?

– Kad sam čuo da spremaju misiju za Evropu, odmah sam se prijavio...

– Jaoj, mama! – vrisnu studentkinja. – Nema mi novca u nedrima, ispao mi je.

– Kako ispao, nesrećnice, pogledaj bolje!

– Nema ga, bogami.

Studentkinja je pipala po sebi, zavirivala u nedra. Svi ustadoše da pretraže oko bala i student viknu:

– Evo jedne kesice!

– Jaoj, to je ta kesica!

– Što ne pazite? Zašto je niste vezali za neki lančić ili pantljiku? – govorila je lepa udovica. – Vidite kako ja nosim svoj novac. Kesa na pantljici pa ne može da ispadne.

– Ništa vam nema bolje od čarape. Iz nje ne može da ispadne – govorila je nastavnica. – Ja sam tu metnula ovo malo što imam.

Gospođa s kučetom pljesnu svoju torbicu.

– Ja sam najsigurnija kad držim u ruci.

– Nemam mnogo da krijem – reče gospođa u crnini. – Da li ćemo primiti penziju, šta mislite?

– Ako naši pobede, primaćemo.

– A ako ne pobede?

– Naša vojska mora da se izvuče iz zemlje – reče student. – Ona neće dopustiti da je neprijatelj zarobi.

– A mi da ostanemo sami, u ropstvu! Jaoj, šta li će Švabe s nama da urade.

– Ja, mama, neću ostati u ropstvu. Idem s našima, pa makar na kraj sveta – uzviknu maturant.

– Ići ću ja s tobom. Ja zbog tebe i idem. Ne čuvam valjda sebe. Ali ne znam kuda ćemo.

– Kud svi, tud i mi.

Bivši bokser sedeo je na vratima furgona i slušao.

– Gospodine, hoćemo li krenuti ako boga znate?

– Sumnjam, gospođo. Ovde ćemo prenoćiti.

– Koliko je sati?

– Pet.

Prođe i šest.

– Da li da povečeramo...?

Svi se prihvatiše, deleći međusobno.

Pudlica se uznemiri i poče da skače.

– Jaoj, izvedite je, gospodine, nešto joj se radi.

Bokser dohvati kuče, spusti ga, i ono otrča u travu.

– Uhvatite je, molim vas, gospodine.

Opet je uneše.

Večeraše i polegaše.

Kiša je sipala, svi su se ježili i zavijali se u ogrtače.

Već je uveliko noć. Voz još stoji. San ih je uhvatio.

Lepa udovica se najedared trže. Oseti kako joj nešto mili uz nogu. Pomisli na pudlicu, ali najedared oseti da je to nečija ruka... ona se promeškolji a ruka se odmiče. *Ko li je taj bezobraznik*, pomisli. Htede da skoči, da vikne, al' se ućuta. Poče opet san da je hvata i opet ono milenje uz nogu. Najpre preko lista, pa lagano kao lopov, ruka se dohvati kolena... Ona se opet promeškolji, ruka ostade na kolenu. Zatim lagano poče da se penje, indiskretno uz butinu, sve više i više. To je već bilo suvišno. Udovica pomisli: *Student ili maturant.* I najedared izvuče ruku ispod mantila, poklopi onu ruku, ščepa je i čvrsto steže. *A tu si, bezobrazniče jedan, hoćeš žene da hvataš za noge.* Ruka se otimala ali ona je stezala i zabadala nokte dok ne oseti kako je nažulji prsten s te muške ruke. Onda je pusti. Borba između te dve ruke se završi, udovica još opruži nogu i ritnu nekog.

Do zore je posle bila mirna.

Samo da mi je znati, ko je? Od njih dvojice? Od njih dvojice, mora biti jedan.

Primetila je da je obojica gledaju, ali onaj student više! Imao je neke vatrene, tuberkulozne oči i dva-tri puta je osetila na sebi taj uporan vreo pogled. Maturant je još dečko, dete, nije mogao biti on. Ali sutra će da ih posmatra obojicu, pa će videti. Balavurdija jedna, tako drsko da se ponašaju u furgonu, i to u bežaniji!

Ustali su svi bunovni, bledi, umorni, prozebli. Udovica pogleda studenta. On je još spavao, a maturant je već bi napolju i naivno pitao:

– Hoćete li mleka, nosi jedna seljanka?

Nije mogla da otkrije ko je.

Voz je stajao. Tek se u podne pokrenuo. Prođoše samo dve stanice, pa opet stadoše.

I tu su opet morali prenoćiti.

– Ovo je strašno, poješćemo sve što smo poneli.

Bokser im je opet nudio peksimit. Bio je vrlo ljubazan. Gospođica ga ponudi kafom. On im je pričao o Americi, oblakoderima, svemu i svačemu.

Noć se spuštala.

Polegali su.

Najedared odjekne vrisak.

– Jaoj, nešto mi zagreba nogu! – vrisnu gospođica s pudlicom.

To je onaj isti koji je mene hvatao za nogu, pa sad nabasao na nju, pomisli udovica. Kresnuše palidrvce.

– Da vas nije kuče dohvatilo...

– Nije, eno ga spava, mirno je. Da nema miševa?

– Ju, i oko mene nešto šuška! – vrisnu devojčica.

Nešto skoči odozdo sa bale i studentu pade na glavu.

On dreknu i uspravi se. Nešto crno odskoči s njegove glave pa na krilo studentkinje. Vrisnu i ona.

– Mačka, gospod je ubio! – uzviknu gospođa u crnini. – Otkud mačka?

– Sigurno je šefova.

– I to crna.

Mačka izlete iz furgona i pobeže.

– Ovo ne valja, crna mačka.

– Nemojte tome pridavati važnost – nasmeja se student.

– Zatvorite vrata na furgonu.

Legoše i umiriše se.

Zora poče da sviće. Kroz raskomadane oblake ukaza se sunce, žuto, melanholično a oblaci kao rastrgnuti velovi.

Topovska grmljavina opet se čula kao i huka aeroplana. Drumom je išla kolona volovskih kola. Seljanke, varošanke, deca, starci, gonili su i stoku i sve je išlo napred, ne znajući kuda... I taj put od Lapova do Stalaća trajao je četiri dana i četiri noći.

Bila je četvrta noć. Nebo vedro, a mlad mesec, kao srp, brzo je zašao. Odnekud naiđoše oblaci i sakriše zvezde. Bilo je mračno i crno. Žene su ležale žuljeći se na balama. Bokser se pojavi i veselo im reče:
– Nabavio sam pečeno pile, hoćete li da vam dam?

– Oh hvala, gospodine, vi ste tako ljubazni.

Bili su gladni i ustadoše da jedu, ponudiše i boksere. Jedna svećica je škiljila i bacala unaokolo svetlost na ubledela lica žena. Jele su ipak sa apetitom.

– Zatvorite vrata, gospodine – reče nastavnica.

– Jest, zatvorite, duva...

Bokser uđe i sede na jednu balu, malo dalje od nastavnice.

Pojedoše pile dok je svećica škiljila.

– Hoće da izgori, ugasite je.

– Ala je mračno!

– Otvorite do pola vrata.

Bledunjava svetlost kao dim uđe u furgon. Nazirale su se siluete. Gospođica s pudlicom odmah zaspi. Njeno kučence zareža na boksera. Svi kao da su spavali. Ali nastavnica je bila budna.

Ona je motrila boksera. Oseti neki čudni miris oko sebe. Vide ga kako izvadi maramicu i jednu flašu. Po maramici prosu neku tečnost, lagano se diže i s tom maramicom u ruci nagnu se prema nastavnici. U tom trenutku ona skoči i viknu:

– Šta ćete? Kakav je ovo miris?

– Ustajte svi! On hoće da nas opije...

Svi zavriskaše, skočiše, muškarci ga ščepaše. Vika uzbudi i one sa stanice, uskoro dođe i šef. U bokserovom džepu nađoše jednu staklenku s narkotičnom tečnosti.

Bokser se branio i vikao:

– Ja sam bio tako pažljiv prema njima. Kakvo opijanje. Ovo je bolnički materijal, slučajno mi je ostao u džepu. Ja sprovodim ovaj materijal. Znate li vi ko sam ja?

Dva snažna seljaka bolničara, ščepaše ga, uvukoše ga u drugi furgon i jedan mu podviknu: – Da se odavde nisi makao, inače ću ti razbiti brnjicu! Šta si ti tražio tamo po furgonima?

A u bežanijskom furgonu svi su bili uzrujani.

– Hteo je da nas opije i pokrade.

– Ko zna šta bi sve s nama uradio? – zabrinu se udovica.

– To je apaš.

– Apaš, dabome.

Udovica je sedela na svojoj bali, odjednom se zaljulja i sruši pravo u naručje maturantu.

Svi se nasmejaše, a maturant nežno diže lepu udovicu i stavi je opet na njenu balu.

Svanu peto jutro i kompozicija jedva krenu punom parom i već se približavaše Stalaću.

Dok su sedeli u furgonu, gospođa u crnini pogleda u ruke svoga sina maturanta.

– Miko, gde ti je onaj prsten? Zar si ga izgubio! Kuku, a to mi je uspomena od pokojnog Tome.

– Kakav prsten? – zbuni se maturant. – Ne znam, nisam ga ni imao.

– Kako da nisi imao. Pa kad smo pošli bio ti je na ruci.

A tu smo, pomisli lepa udovica. *Ti li si to bio one noći...* I ona ga pogleda strogo i nasmeši se ironično.

– Jest, i ja sam videla prsten na ruci.

Maturant je bio sav zbunjen.

Voz stade u Stalaću. Skidoše se. Sad je trebalo da se rastanu, jedni za Skoplje, a drugi za Kruševac. Opraštali su se i ljubili. Maturant priđe udovici.

– Nevaljalče jedan, tako mlad a tako drzak!

– Vi ste božanstvena žena, i ja sam u vas prosto zaljubljen! Znajte, kad se vratim kao heroj, vi ćete me zavoleti.

Udovica se nasmeja.

– Trebalo bi da vas za uši povučem.

Uđoše opet u furgon, jedni za Skoplje, a drugi za Kruševac.

I opet čekanje i stajanje. Premeštali su ih s jednog koloseka na drugi, zakačinjali, otkačinjali. Smrklo se već, dođe i noć i oni jedva krenuše. Pređoše nekoliko stanica i poče svitati.

– Gospodine Miko! – zovnu ga jedan ženski glas iz furgona. On zastade iznenađen.

To je vikala ona udovica. Pomoliše se i drugi.

– Pa vi ste pošli za Kruševac, a ovo je voz za Skoplje...

– To znači da su nas pogrešno zakačili!

On potrča njihovom furgonu i poviče:

– Pa mi idemo u Skoplje!

Svi izleteše. Nastade ljutnja, graja, vikanje...

– Ama šta se ljutite, hajdete svi u Skoplje – predloži student.

– Mama, hajdemo u Skoplje – uzviknu oduševljeno maturant.

– Kakvo Skoplje? Pa treba Boru da nađemo u bolnici u Vrnjcima.

– Ko zna da li ćemo ga naći. Možda su bolnice već evakuisane.

– Ih, kako ovo da se desi – jadikovala je dama u crnini.

– More, hajdete, gospođo, s nama. Kud sad natrag da idete, jedva smo dovde dogurali.

– Pa vidim i ja da moram u Skoplje.

– Onda pređite u naš furgon, da budemo opet zajedno.

Maturant poleti da joj ponese stvari, za njim i drugi. Noseći, zastade pred udovicom.

– Vidite, gospođo, sudbina nije htela da se rastanemo.

Ona prsnu u smeh: – Balavče jedan...

Svi se uguraše u furgon i, već sprijateljeni nezgodama, prvim patnjama, cela bežanija besciljno krete napred.

Beleška o autoru

Milica Jakovljević Mir-Jam rođena je u Jagodini 22. aprila 1887. godine.

U Kragujevcu je završila osnovnu školu i devet razreda učiteljske škole.

Bila je učiteljica u Krivom Viru 1907–1913. Tokom Prvog svetskog rata živela je u Kragujevcu, a godine 1919. prelazi u Beograd i bavi se novinarstvom u *Novostima*, *Štampi* i *Vremenu*.

Od 1926. do 1941. godine radila je u *Nedeljnim ilustracijama*, u kojima je objavljivala priče i ljubavne romane u nastavcima. Govorila je francuski i ruski. Nikada se nije udavala.

Pod pseudonimom Mir-Jam objavila je romane: *U slovenačkim gorama*, *To je bilo jedne noći na Jadranu*, *Greh njene majke*, *Otmica muškarca*, *Nepobedivo srce*, *Ranjeni orao*, *Samac u braku*, *Mala supruga*, i zbirke pripovedaka: *Dama u plavom*, *Devojka sa zelenim očima*, *Prvi sneg*, *Časna reč muškarca* i *Sve one vole ljubav*.

Posthumno je objavljena njena nezavršena autobiografija *Izdanci Šumadije*.

Napisala je i pozorišne komade: *Tamo daleko* i *Emancipovana porodica*.

Najslavniju dramatizaciju *Ranjenog orla* načinio je Borislav Mihajlović Mihiz, a po njenim romanima snimljene su i televizijske serije.

Milica Jakovljević bila je rođena sestra biologa, književnika i akademika Stevana Jakovljevića.

Umrla je 22. decembra 1952. godine, a to, nažalost, nisu zabeležile nijedne prestoničke novine.

Sadržaj

Knjige Milice Jakovljević Mir-Jam u izdanju Izdavačke kuće TEA BOOKS (digitalna i/ili štampana izdanja)

Časna reč muškarca (priče)
Dama u plavom (priče)
Devojka sa zelenim očima (priče)
Greh njene majke (roman)
Izdanci Šumadije (autobiografija)
Mala supruga (roman)
Nepobedivo srce (roman)
Otmica muškarca (roman)
Prvi sneg (priče)
Ranjeni orao (roman)
Samac u braku (roman)
Sve one vole ljubav (priče)
To je bilo jedne noći na Jadranu (roman)
U slovenačkim gorama (roman)

www.ingramcontent.com/pod-product-compliance
Lightning Source LLC
LaVergne TN
LVHW091633100826
845152LV00001B/18